TRANZLATY

Language is for everyone

言語はすべての人のためのもの

The Call of Cthulhu

クトゥルフの呼び声

H.P. Lovecraft

H.P. ラヴクラフト

English

日本語

www.tranzlaty.com

The Horror Made of Clay
粘土でできた恐怖

There is one thing I find particularly merciful.

私が特に慈悲深いと思うことが一つあります。

The inability of the human mind to correlate events.

人間の心が出来事を関連付けることができない。

It's a blessing that we can't understand the world.

私たちが世界を理解できないことは、むしろ幸運なことだ。

We live blissfully on a placid island of ignorance.

私たちは無知という名の穏やかな島で、至福の時を過ごしている。

An island in the midst of black seas of infinity.

無限に広がる黒い海の真ん中に浮かぶ島。

And it was not meant that we should voyage far.

そして、遠くまで旅をするつもりはなかったのだ。

The sciences each strain in their own directions.

科学はそれぞれ独自の方向へと発展していく。

But hitherto science's findings have harmed us little.

しかし、これまでのところ、科学の発見は私たちにほとんど害を与えていない。

But some day dissociated knowledge will be pieced together.

しかし、いつの日か、ばらばらだった知識は一つに繋ぎ合わされるだろう。

Terrifying vistas of reality will open up to us.

恐ろしい現実の光景が、私たちの目の前に広がるだろう。

And we will be left in a frightful vantage point.

そして我々は、恐ろしいほど不利な立場に置かれることになるだろう。

We will either go mad from the revelation we are given.
私たちは、与えられた啓示によって気が狂ってしまうだろう
。
Or we will flee from the deadly light that we will see.
さもなければ、我々はこれから目にするであろう恐ろしい光
から逃げ出すだろう。
We will run from the knowledge we had always pursued.
私たちは、これまで追い求めてきた知識から逃げ出すだろう
。
And we will seek the peace and safety of a new dark age.
そして我々は、新たな暗黒時代の平和と安全を求めるだろう
。
Theosophists have guessed at the scale of the cosmos.
神智学者たちは宇宙の規模について推測を重ねてきた。
Our world is but a transient incident in this cycle.
私たちの世界は、この循環におけるほんの一時的な出来事に
過ぎない。
The human race plays but a little role in the universe.
人類は宇宙においてほんのわずかな役割しか果たしていない
。
The theosophists have hinted at strange methods of survival.
神智学者たちは、奇妙な生存方法をほのめかしてきた。
But their suggestions would freeze a rational man's blood.
しかし、彼らの提案は理性的な人間なら凍りつくようなもの
だろう。
Only the optimism of their ideas hides the horror.
彼らの楽観的な考えだけが、その恐ろしさを覆い隠している
。
But it is not their ideas that chill me the most.

しかし、私を最もぞっとさせるのは、彼らの思想そのものではない。

It is something else that fills me with terror.

私を恐怖に陥れるのは、別の何かだ。

The single glimpse of forbidden eons I have seen.

私が垣間見たのは、禁断の悠久の時。

When I think of what I saw my blood stands still.

目にした光景を思い出すと、血の気が引く。

Restlessness plagues my dreams since that glimpse.

あの光景を目にして以来、落ち着かない気持ちが私の夢を悩ませている。

It came to me like all dreaded glimpses of truth.

それは、あらゆる恐ろしい真実の断片と同じように、私に突然現れた。

An accidental piecing together of separated things.

ばらばらだったものが、偶然に結びついたもの。

An old newspaper item and the notes of a dead professor.

古い新聞記事と、亡くなった教授のメモ。

In a flash everything was pieced together before me.

一瞬のうちに、すべてが私の目の前で繋がった。

I hope no one else will accomplish this terrible insight.

他に誰もこの恐ろしい洞察にたどり着かないことを願う。

Certainly, if I live, I shall never help anyone to know it.

確かに、私が生きている限り、誰にもそのことを知らせるつもりはない。

I shall never knowingly supply a link in so hideous a chain.

私は決して、このような忌まわしい連鎖に、故意に加担するようなことはしない。

I think that the professor, too, intended to keep silent.

教授もまた、沈黙を守るつもりだったのだと思う。

He didn't mean to share the secrets that he knew.
彼は自分が知っている秘密を漏らすつもりはなかった。
And I'm sure he would have destroyed his notes.
そして、彼はきっと自分のメモを破棄しただろう。
If he had not been seized by sudden and suspicious death.
もし彼が突然の不審死に見舞われていなかったら。

***

My knowledge of the thing began in the winter of 1926-27.
私がそのことを知ったのは、1926年から1927年の冬にかけて
のことだった。
My great-uncle was the professor George Gammell Angell.
私の大叔父はジョージ・ギャメル・アンジェル教授でした。
He was the Professor Emeritus of Semitic languages.
彼はセム語学の名誉教授だった。
He lectured in Brown University, Providence, Rhode Island.
彼はロードアイランド州プロビデンスにあるブラウン大学で
講義を行った。
His death, at the age of ninety-two, triggered the event.
彼が92歳で亡くなったことが、この事件の引き金となった。
He was widely known as an authority on ancient
inscriptions.
彼は古代碑文の権威として広く知られていた。
Heads of prominent museums came to him for his expertise.
著名な美術館の館長たちが、彼の専門知識を求めて彼のもと
を訪れた。
So his death was noticed by many within academic circles.
そのため、彼の死は学術界の多くの人々に知らされた。
Interest was intensified by the obscurity of his death.

彼の死が謎に包まれていたことで、人々の関心はさらに高まった。

It occurred as he was disembarking from the Newport boat.

それは彼がニューポート行きの船から降りようとしていた時に起こった。

Witnesses say a dark nautical-looking fellow had jostled him.

目撃者によると、船乗りのような風貌をした黒っぽい男が彼にぶつかったという。

After being stricken, he fell suddenly, witnesses say.

目撃者によると、彼は殴られた後、突然倒れたという。

Physicians were unable to find any visible disorder.

医師たちは目に見える異常を発見できなかった。

After some perplexed debate they reached their conclusion.

戸惑いながらも議論を重ねた末、彼らは結論に達した。

"It must have been a lesion of the heart," they agreed.

「心臓の病変だったに違いない」と彼らは同意した。

"After all, he was rather an elderly man," they added.

「何しろ、彼はかなりの高齢男性だったからね」と彼らは付け加えた。

"the brisk ascent of the steep hill caused his end."

「急な坂道を勢いよく登ったことが、彼の死因となった。」

At the time I saw no reason to dissent from this dictum.

当時、私はこの原則に異議を唱える理由は何もないと考えていた。

But latterly I am inclined to wonder about their conclusion.

しかし最近、彼らの結論について疑問に思うようになった。

And I do more than just wonder if they were right.

そして、私は彼らが正しかったかどうかを単に疑問に思うだけではありません。

***

My grand-uncle died alone as a childless widower.
私の大叔父は、子供のいない寡夫として孤独に亡くなった。
And so I became heir and executor to his possessions.
こうして私は彼の財産の相続人兼遺言執行人となった。
So I was expected to go over his papers and writings.
だから私は彼の論文や著作に目を通すことが求められていた
。
I moved his entire set of files and boxes to my Boston home.
彼の書類一式と箱類をすべてボストンの自宅に運びました。
Much of the materials I collected will later be published.
私が収集した資料の多くは、後日出版される予定です。
Many academics in his field took great interest in his work.
彼の研究分野における多くの学者が、彼の研究に大きな関心
を示した。
The American archeological society relied on him greatly.
アメリカ考古学会は彼に大きく依存していた。
But there was one box which I found exceedingly puzzling.
しかし、一つだけ非常に不可解な箱があった。
I felt much averse from showing these files to other eyes.
私はこれらのファイルを他人に見せることに非常に抵抗を感
じた。
The box had been locked, unlike the other boxes.
他の箱とは違い、その箱は施錠されていた。
And initially I found no key that would open this box.
そして最初は、この箱を開ける鍵が見つかりませんでした。
But then the location of the key occurred to me.
しかし、その時、鍵の所在がふと頭に浮かんだ。

The professor always carried a keyring in his pocket.
教授はいつもポケットにキーホルダーを入れていた。
It was indeed one of these keys that opened the box.
まさに、これらの鍵のうちの1つが箱を開けたのだ。
But in the box was a still more closely locked barrier.
しかし、箱の中にはさらに厳重に封鎖された障壁があった。
What could be the meaning of the queer bas-relief?
この奇妙なレリーフには一体どんな意味があるのだろうか？
Various paper cuttings accompanied the bas-relief.
浅浮彫には、様々な切り絵が添えられていた。
What did the disjointed jottings and ramblings allude to?
その支離滅裂な走り書きやとりとめのない文章は、一体何を
暗示していたのだろうか？
Had my uncle become credulous to superficial impostures?
叔父は、表面的な欺瞞に騙されやすくなってしまったのだろ
うか？
Perhaps in his later years his criticalness thought slowed.
晩年になると、彼の批判的な思考は鈍くなったのかもしれな
い。
Someone had disturbed this old man's peace of mind.
誰かがこの老人の心の平穏を乱したのだ。
And so I resolved to locate the eccentric sculptor.
そこで私は、その風変わりな彫刻家を探し出すことを決意し
た。
The man who set in motion my uncle's strange obsession.
私の叔父の奇妙な執着を引き起こした男。

***

The bas-relief was roughly shaped like a rectangle.

そのレリーフは、おおよそ長方形の形をしていた。

The rectangular shape was less than an inch thick.

その長方形の形状は厚さが1インチ未満だった。

And the bas-relief was about five by six inches in area.

そのレリーフの大きさは、およそ縦5インチ、横6インチだった。

It was obvious that the bas-relief was of modern origin.

そのレリーフが近代に作られたものであることは明らかだった。

The designs, however, were far from modern in atmosphere.

しかし、そのデザインは現代的な雰囲気とは程遠いものだった。

The inscriptions suggested a far older civilization.

碑文からは、はるかに古い文明の存在が示唆された。

The vagaries of cubism and futurism were many and wild.

キュビスムと未来派の気まぐれは多岐にわたり、奔放だった。

But normally such patterns fail to produce regularity.

しかし、通常、そのようなパターンは規則性を生み出さない。

The cryptic regularity which lurks in prehistoric writing.

先史時代の文字に潜む、謎めいた規則性。

This regularity was certainly present in the bas-relief.

この規則性は、確かに浅浮き彫りの中に存在していた。

I was certain the inscriptions represented a writing system.

私は、それらの碑文が何らかの文字体系を表していると確信していた。

I had some familiarity with the papers of my uncle.

私は叔父の書類に多少なりとも精通していた。

And I had looked through all of his collections and works.

そして私は彼のコレクションや作品をすべて見てみた。

But I failed to find any writing that was similar.

しかし、似たような文章は見つけられなかった。

I could not geographically place this alphabet in any way.

私はこのアルファベットを地理的にどこに由来するものなのか、全く特定できなかった。

Nor could I guess from what time this writing came from.

また、この文章がいつ頃書かれたものなのかも全く見当がつかなかった。

Above these apparent hieroglyphics there was a figure.

これらの象形文字らしきものの上には、人物像が描かれていた。

The figure was evidently only of pictorial intent.

その図像は明らかに絵画的な意図のみで描かれたものだった。

The impressionism of the picture added to the mystery.

その絵の印象派的な作風が、さらに謎めいた雰囲気を醸し出していた。

No clear idea of the creature's nature could be discerned.

その生物の正体については、明確なことは何も分からなかった。

The creature seemed to be a monster, of some sort.

その生き物は、何らかの怪物であるように見えた。

Or the symbol represented a monster, of some sort.

あるいは、そのシンボルは何らかの怪物を象徴していたのかもしれない。

Only a diseased mind could conceive of such a form.

病んだ精神でなければ、このような形態を思いつくことはできないだろう。

My imagination yielded different pictures simultaneously.

私の想像力は、同時に様々なイメージを生み出した。
But my imagination may also be somewhat extravagant.
しかし、私の想像力は少々誇張されているかもしれない。
An octopus, a dragon, and also a human caricature.
タコ、ドラゴン、そして人間の風刺画。
I shall try not be unfaithful to the spirit of the thing.
私はその趣旨に反しないように努めます。
A pulpy, tentacled head surmounted a scaly body.
肉厚で触手のある頭部が、鱗に覆われた胴体の上に載っていた。
Rudimentary wings protruded from the grotesque shape.
その異様な形状からは、原始的な翼が突き出ていた。
But the shape of the monster wasn't even the worst part.
しかし、怪物の形は最悪の部分ではなかった。
The background of the picture was even more frightening.
写真の背景はさらに恐ろしいものだった。
The scenery had a vague suggestion of another civilization.
その景色には、どこか別の文明の存在を暗示する雰囲気があった。
Cyclopean architecture from a forgotten part of the world.
世界の忘れ去られた地域に伝わる、巨石建築。

***

Only some notes and press cuttings accompanied the oddity.
その奇妙な品物には、メモ書きと新聞記事の切り抜きが添えられていただけだった。
The press cuttings seemed to be only vaguely related.
新聞記事の切り抜きは、漠然としか関連性がないように思えた。

The hand written notes were all from my uncle.

手書きのメモはすべて叔父からのものでした。

But his notes made no pretense to any literary style.

しかし、彼のメモには文学的なスタイルを装うようなところは一切なかった。

There was no ordering mechanism to any of the papers.

どの論文にも順序付けの仕組みはなかった。

Although there seemed to be a master document to the notes.

メモにはマスター文書のようなものがあったようだが。

This document was ascribed to the cult of Cthulhu

この文書はクトゥルフ教団に帰属するものとされた。

The word's letters had been painstakingly written out.

その単語の文字は、丹念に書き出されていた。

There should be no erroneous reading of the unheard of word.

聞き慣れない単語を誤って解釈してはならない。

This Cthulhu manuscript was divided into two sections;

このクトゥルフの写本は2つのセクションに分かれていた。

The first manuscript was titled the following:

最初の原稿のタイトルは以下のとおりです。

"1925 - Dream and Dream Work of H. A. Wilcox"

「1925年 - H・A・ウィルコックスの夢と夢分析」

"7 Thomas St., Providence, Road Island"

「ロードアイランド、プロビデンス、トーマス通り7番地」

And the second manuscript was titled the following:

そして、2番目の原稿のタイトルは以下の通りだった。

"Narrative of Inspector John R. Legrasse"

「ジョン・R・ルグラス警部の物語」

"121 Bienville St., New Orleans, 1908 Meetings."

「ニューオーリンズ、ビエンビル通り121番地、1908年の会合
」
"Notes on Same, & Prof. Webb's account of events"
「同上に関する覚書、およびウェブ教授による事件の説明」
The other manuscript papers were all brief notes.
他の原稿はすべて短いメモだった。
Some manuscripts described the queer dreams of different persons.
いくつかの写本には、様々な人物の奇妙な夢が記述されていた。
Some manuscripts cited from theosophical books and magazines.
引用されている原稿の中には、神智学関連の書籍や雑誌からのものがある。
Notably, most of these citations were from W. Scott-Eliott.
特筆すべきは、これらの引用のほとんどがW・スコット＝エリオットによるものであったことである。
Mainly the notes referenced Atlantis and the Lost Lemuria.
メモの内容は主にアトランティスと失われたレムリア大陸に関するものだった。
The other notes commented on long-surviving secret societies.
他のメモには、長期間存続している秘密結社について言及されていた。
Hidden cults that may or may not still exist somewhere.
どこかに今も存在しているかもしれない、あるいは存在しないかもしれない隠れたカルト集団。
Two books seemed to provide most of the information;
2冊の本が情報の大部分を提供していたようだ。
Miss Murray's Witch-Cult in Western Europe.

西ヨーロッパにおけるマレー女史の魔女崇拝。

This book thoroughly detailed Mythological sources.

この本は神話の出典を徹底的に詳細に解説している。

And Frazer's Golden Bough provided anthropological sources.

そして、フレイザーの『金枝篇』は人類学的な資料を提供した。

***

The cuttings largely alluded to outré mental illnesses.

切り抜き記事の多くは、奇抜な精神疾患を暗示していた。

Outbreaks of group folly and mania in the spring of 1925.

1925年春に集団的な愚行や躁病が多発した。

The first half of the manuscript told a very peculiar tale.

原稿の前半には、非常に奇妙な物語が語られていた。

1925, the 1st of March, a thin dark young man came to my uncle.

1925年3月1日、痩せた肌の黒い若い男が私の叔父のところにやって来た。

The manuscript describes his neurotic and excited aspect.

その原稿には、彼の神経質で興奮しやすい一面が描写されている。

And he bore with him the strange bas-relief.

そして彼は、その奇妙なレリーフを携えていた。

At that time the bas-relief was exceedingly damp and fresh.

その時、そのレリーフは非常に湿っていて、新鮮な状態だった。

His card bore the name of Henry Anthony Wilcox.

彼の名刺にはヘンリー・アンソニー・ウィルコックスという
名前が記されていた。
And my uncle had slightly recognized who he was.
そして叔父は、彼が誰なのかを少しだけ認識していた。
He was the youngest son of an excellent family.
彼は名家の末っ子だった。
Latterly he had been studying sculpture at Rhode Island.
彼は最近までロードアイランド大学で彫刻を学んでいた。
He lived alone at the Fleur-de-Lys Building.
彼はフルール・ド・リス・ビルディングに一人で住んでいた
。
His residences were near the university.
彼の住居は大学の近くにあった。
Wilcox was a precocious youth of known genius.
ウィルコックスは、天才として知られた早熟な若者だった。
But he was also known for his great eccentricity.
しかし彼は、その並外れた奇行でも知られていた。
From childhood he had excited the attention of others.
彼は幼い頃から周囲の注目を集めていた。
He told of strange stories no one had told him about.
彼は、誰も彼に話したことのない奇妙な話を語った。
And he was in the habit of relating strange dreams.
そして彼は、奇妙な夢の話をする癖があった。
He described himself as "psychically hypersensitive".
彼は自身を「精神的に非常に敏感」だと表現した。
But those around him had other descriptions for him.
しかし、彼の周囲の人々は彼について別の評価を下していた
。
They were staid folk of the ancient commercial city.
彼らは、古都の堅実な人々だった。

And they dismissed him as merely strange and "queer".
そして彼らは彼を単に奇妙な人物、あるいは「風変わりな人」として片付けた。
And so he never mingled much with his kind.
そのため、彼は同族とはあまり交流しなかった。
And he had dropped gradually from social visibility.
そして彼は次第に社会的な存在感を失っていった。
Now he is known only to a small group of esthetes.
今では、彼のことを知っているのはごく少数の美的感覚を持つ人々にだけだ。
And those who knew him came mostly from other towns.
そして、彼を知っていた人々のほとんどは、他の町から来た人たちだった。
Even the Providence art club had found him quite hopeless.
プロビデンスの美術クラブでさえ、彼を全く見込みのない人物だと考えていた。
Of course they were anxious to preserve their conservatism.
もちろん彼らは自分たちの保守主義を守ろうと必死だった。

***

The professor's manuscript continued to describe the visit.
教授の原稿には、その訪問についてさらに詳しく記述されていた。
The sculptor abruptly asked for his host's archeological knowledge.
彫刻家は突然、ホストに考古学の知識を求めた。
He wanted him to identify the hieroglyphics on the bas-relief.
彫刻家は突然、ホストに考古学の知識を求めた。

彼は彼に、そのレリーフに刻まれた象形文字を識別してもらいたかったのだ。
He spoke in a dreamy and rather stilted manner.
彼は夢見心地で、ややぎこちない口調で話した。
His speech suggested pose and alienated sympathy.
彼のスピーチは気取った印象を与え、同情を遠ざけた。
And my uncle showed some sharpness in his reply.
そして叔父は、返答の中で鋭い一面を見せた。
Because the bas-relief was still conspicuously freshness.
なぜなら、そのレリーフはまだ明らかに新鮮だったからだ。
So there was no need for any kinship with archeology.
だから、考古学との関連性は全く必要なかった。
Young Wilcox's rejoinder was of a fantastically poetic cast.
若きウィルコックスの反論は、驚くほど詩的なものだった。
My uncle must have been impressed with the reply.
叔父はその返答に感銘を受けたに違いない。
And he recorded the reply of Wilcox verbatim.
そして彼はウィルコックスの返答を逐語的に記録した。
"The bas-relief is indeed still conspicuously fresh."
「そのレリーフは、確かに今なお非常に鮮明な状態を保っている。」
"Because I made this bas-relief last night, after a dream."
「昨晩、夢を見た後にこのレリーフを作ったんです。」
"A dream of strange cities and stranger people."
「見知らぬ街と、さらに見知らぬ人々が織りなす夢。」
"And dreams are older than brooding Tyros."
「そして夢は、物思いにふけるタイロスよりもずっと古い。」
"Dreams are older than the contemplative Sphinx."
「夢は、物思いにふけるスフィンクスよりも古い。」

"And dreams are older than the garden-girdled Babylon."
「そして夢は、庭園に囲まれたバビロンよりも古い。」
This type of speech turned out to be characteristic of him.
この種の話し方は、彼の特徴的な話し方であることが判明した。
It was then that he began that rambling tale.
そして彼は、あのとりとめのない話を始めた。
The tale which suddenly played upon a sleeping memory.
眠っていた記憶が突然蘇った物語。
The tale that won the fevered interest of my uncle.
私の叔父が熱狂的な興味を抱いた物語。

***

There had been a slight earthquake tremor the night before.
前日の夜に、軽い地震の揺れがあった。
The most considerable tremor New England had felt for some years.
ニューイングランド地方がここ数年で感じた中で最も大きな地震だった。
Wilcox's imagination had been keenly affected by the earthquake.
ウィルコックスの想像力は、地震によって大きく影響を受けていた。
He had had an unprecedented dream of great Cyclopean cities.
彼は、巨大なキュクロプス都市という前代未聞の夢を見ていた。
He dreamed of Titan blocks and sky-flung monoliths.
彼は巨人の岩塊や空高くそびえる巨大な石碑を夢見た。
All the architecture was dripping with green ooze.

建物全体から緑色の粘液が滴り落ちていた。

And his dreams were sinister with latent horror.

そして彼の夢は、潜在的な恐怖を秘めた不吉なものだった。

Hieroglyphics had covered the walls and pillars.

壁や柱は象形文字で覆われていた。

From somewhere underneath there came a sound.

地下のどこかから音が聞こえてきた。

The sound was of a voice, but it was not a voice.

それは声のような音だったが、声ではなかった。

A chaotic sensation which only fancy could transmute into sound.

想像力だけが音へと変換できる、混沌とした感覚。

He attempted to say the almost unpronounceable word.

彼はほとんど発音不可能な単語を言おうとした。

A jumble of unlikely letters; "Cthulhu fhtagn".

ありそうもない文字の羅列。「Cthulhu fhtagn」。

This verbal jumble was the key to my uncle's recollection.

この言葉の羅列こそが、叔父の記憶を解き明かす鍵だった。

This strange sound excited and disturbed Professor Angell.

この奇妙な音は、アンジェル教授を興奮させると同時に不安にさせた。

He questioned the sculptor with scientific minuteness.

彼は彫刻家に対し、科学的な視点から細部にわたって質問した。

He studied the bas-relief with almost frantic intensity.

彼はほとんど狂気じみた集中力でそのレリーフを研究した。

My uncle blamed his old age, Wilcox afterward said.

叔父は自分の老齢を理由に挙げていた、とウィルコックスは後に語った。

In his younger days he would have recognized the hieroglyphics.

若い頃なら、彼はその象形文字を認識できたはずだ。

The pictorial design wouldn't have puzzled his sharper mind.

その図案は、彼の鋭い頭脳にとっては理解し難いものではなかっただろう。

Many of his questions seemed highly out of place to his visitor.

彼の質問の多くは、訪問者にとって非常に場違いに思えた。

He tried to connect him to strange mythological cults.

彼は彼を奇妙な神話的カルトと結びつけようとした。

He tried to get him to admit affiliation to secret societies.

彼は彼に秘密結社への所属を認めさせようとした。

My uncle even promised to keep his visitor's secret.

叔父は、訪問者の秘密を守ると約束までしてくれた。

"Are you not part of a widespread mystical group?"

「あなたは広く知られている神秘主義グループの一員ではないのですか？」

"Are you not a member of a paganly religious body?"

「あなたは異教の宗教団体の会員ではないのですか？」

Eventually he became convinced the sculptor wasn't a member.

最終的に彼は、その彫刻家が会員ではないと確信するようになった。

He was indeed ignorant of any cult or system of cryptic lore.

彼は確かに、いかなるカルト教団や秘儀体系についても無知だった。

He besieged his visitor with demands for future reports of dreams.

彼は訪問者に対し、今後の夢の報告を執拗に要求した。

This strange request bore regular and interesting fruit.

この奇妙な依頼は、定期的に興味深い成果をもたらした。

***

After the first interview the manuscript records daily calls.
最初のインタビューの後、原稿には毎日の通話記録が収められている。

He related startling fragments of nocturnal imagery.
彼は、夜の情景に関する驚くべき断片的な描写を語った。

There were always the same themes in his dreams.
彼の夢にはいつも同じテーマが繰り返し現れた。

A terrible Cyclopean vista of dark and dripping stone.
暗く滴り落ちる石が織りなす、恐ろしい巨石の景観。

A subterranean voice or intelligence shouting monotonously.
地下から単調に叫ぶ声、あるいは知性。

Two sounds seemed to repeat themselves in his dreams.
彼の夢の中では、二つの音が繰り返し聞こえてきたように思えた。

But these sounds were as enigmatic as the other sounds.
しかし、これらの音も他の音と同様に謎めいていた。

The sounds can only be rendered by the letters "Cthulhu" and "R'lyeh".
これらの音は「Cthulhu」と「R'lyeh」という文字によってのみ表現できる。

On March 23rd, the manuscript continued, Wilcox failed to come.
原稿は続けて、「3月23日、ウィルコックスは現れなかった」と述べている。

My uncle made inquiries at the quarters of his whereabouts.
叔父は彼の居場所について問い合わせを行った。

That night he had been stricken with an obscure sort of fever.

その夜、彼は原因不明の高熱に襲われた。

And he was taken to the home of his family in Waterman Street.

そして彼はウォーターマン通りにある実家へ連れて行かれた。

That night he had cried out in one of his dreams.

その夜、彼は夢の中で叫び声をあげた。

His cries aroused several other artists in the building.

彼の叫び声は、建物内にいた他の数人の芸術家たちを目覚めさせた。

And he was between alternations of unconsciousness and delirium.

彼は意識不明とせん妄状態を繰り返していた。

My uncle at once telephoned the family of Wilcox.

私の叔父はすぐにウィルコックス一家に電話をかけた。

And from that time forward he kept close watch of the case.

そしてそれ以降、彼はその事件を注意深く見守り続けた。

He called often at the Thayer Street office of Dr. Tobey.

彼はよく、トビー医師のセイヤー通りにある診療所を訪れた。

Dr. Tobey was in charge of the patient's condition.

患者の容態はトビー医師が担当していた。

The youth's febrile mind was dwelling on strange things.

その若者の熱に浮かされた心は、奇妙な事柄に思いを巡らせていた。

The doctor shuddered now and then as he spoke of the dreams.

医師は夢の話をしながら、時折身震いした。

The dreams repeated a lot of the earlier themes.

夢には、以前のテーマが数多く繰り返されていた。

But now his dreams made mention of something new.

しかし今、彼の夢には何か新しいことが語られていた。

A gigantic thing "a miles high" which walked, or lumbered about.

高さが「数マイル」もある巨大な物体が、歩いたり、のっしのっしと歩いたりしていた。

He at no time fully described this object in any detail.

彼はこの物体について、詳細に描写することは決してなかった。

But Dr. Tobey relayed the frantic words of his patient.

しかし、トビー医師は患者の必死な言葉を伝えた。

And the professor became increasingly certain of what it was.

そして教授はそれが何であるかをますます確信するようになった。

The nameless monstrosity he had sought to depict in his sculpture.

彼が彫刻で表現しようとした、名もなき怪物。

The doctor had mentioned the bas-relief he had made.

医師は自分が作ったレリーフについて話していた。

This mention preludes the young man's subsidence into lethargy.

この記述は、その青年が次第に無気力状態に陥っていく前兆である。

His temperature, oddly enough, was not greatly above normal.

不思議なことに、彼の体温は平熱を大きく上回るほどではなかった。

But his general condition suggested he was in a fever.

しかし、彼の全身状態から判断すると、発熱しているようだった。
A fever, as opposed to being in the grasp of a mental disorder.
精神疾患に罹患している状態とは異なり、単なる発熱である。

***

On April 2nd at about 3 p.m. the fever came to an end.
4月2日午後3時頃、熱は下がった。
Every trace of Wilcox's malady suddenly ceased.
ウィルコックスの病状は、突然完全に消え去った。
He sat upright in bed as if waking up from regular sleep.
彼はまるで普通の睡眠から目覚めたかのように、ベッドの上でまっすぐに座った。
He was astonished to find himself at his parents' home.
彼は自分が両親の家にいることに驚いた。
And he was completely ignorant of what had happened.
彼は何が起こったのか全く知らなかった。
Neither dream nor reality had made an impression on his mind.
夢も現実も、彼の心に何の影響も与えなかった。
Dr. Tobey pronounced him fit to be dismissed from his care.
トビー医師は、彼が自分の治療から解放されるのに十分であると判断した。
And he returned to his quarters three days later.
そして彼は３日後に自室に戻った。
But to Professor Angell he was of no further assistance.

しかし、アンジェル教授にとって、彼はそれ以上の助けには
ならなかった。
All traces of strange dreaming had vanished with his
recovery.
回復とともに、奇妙な夢を見る痕跡はすべて消え去った。
For a week he recounted irrelevant and thoroughly usual
visions.
彼は一週間、無関係でごくありふれた幻覚について語り続け
た。
And my uncle kept no further record of his night-thoughts.
そして叔父は、それ以上夜の思考を記録することはなかった
。
At this point the first part of the manuscript ended.
この時点で原稿の第一部が終了した。
But my research was still anything but concluded.
しかし、私の研究はまだ全く終わっていなかった。
References to scattered notes helped piece things together.
散在するメモを参考にすることで、全体像を把握することが
できた。
And there was more than enough material for thought.
そして、考えるべき材料は十分すぎるほどあった。
My distrust of the artist had still not subsided.
芸術家に対する私の不信感は、まだ消えていなかった。
But this was largely a result of my ingrained skepticism.
しかし、これは主に私の根深い懐疑心によるものだった。
The notes described the dreams of various persons.
そのメモには、様々な人物の夢が記されていた。
These dreams all occurred while young Wilcox was in his
fever.

これらの夢はすべて、幼いウィルコックスが高熱を出していた時に見たものだった。

My uncle, it seems, wasted no time in collecting the data.
叔父は、どうやらデータ収集に時間を無駄にしなかったようだ。

He had quickly instituted a prodigiously far-flung body of inquiries.
彼はすぐに、非常に広範囲にわたる調査を開始した。

Any friend that didn't show impertinence he questioned.
彼は、生意気な態度を示さない友人は誰であろうと疑った。

He requested from them nightly reports of their dreams.
彼は彼らに毎晩の夢の報告を求めた。

And he asked if they had had any notable visions of late.
そして彼は、最近何か印象的な幻覚を見たかどうか尋ねた。

The reception of his request seems to have been varied.
彼の要請に対する反応は様々だったようだ。

But there was certainly no shortage in replies.
しかし、返信が不足することは決してなかった。

No ordinary man could have handled the replies alone.
普通の人間が一人であれだけの返答に対応できたはずがない。

The original correspondences were not preserved.
元の書簡は保存されていなかった。

But his notes formed a thorough and significant digest.
しかし、彼のメモは徹底的かつ重要な要約となっていた。

***

Initially he had approached average people in society.
彼は当初、社会の一般の人々に接触していた。

New England's traditional "salt of the earth".

ニューイングランド地方の伝統的な「庶民」。

But this group gave an almost completely negative result.

しかし、このグループはほぼ完全に否定的な結果を示した。

Though there were some exceptions to this group too.

しかし、このグループにも例外はいくつかあった。

Scattered cases of uneasy but formless nocturnal impressions.

漠然とした不安感はあるものの、形のない夜間の印象が散発的に現れる。

Their reports were always between March 23rd and April 2nd.

彼らの報告は常に3月23日から4月2日の間に行われていた。

This aligned with the same period of young Wilcox's delirium.

これは、若いウィルコックスがせん妄状態にあった時期とほぼ一致する。

Men of science had been only a little more affected.

科学者たちも、それほど大きな影響を受けたわけではなかった。

Though four cases of vague description were of interest.

曖昧な記述の4つの事例は興味深いものであった。

They had had fugitive glimpses of strange landscapes.

彼らは、見知らぬ風景を断片的に垣間見たことがあった。

And in one case a dread of something abnormal was mentioned.

そしてあるケースでは、何か異常なことが起こるのではないかという不安が言及された。

It was from the artists and poets that the pertinent answers came.

的確な答えは、芸術家や詩人たちからもたらされた。

It is a blessing no one had been able to compare notes.

誰も情報交換できなかったのは幸いだった。

Panic would have broken loose had they shared their visions.

もし彼らが自分たちの見た幻覚を共有していたら、パニックが巻き起こっていただろう。

This, however, did not dispel my ingrained skepticism.

しかし、このことは私の根深い懐疑心を払拭するものではなかった。

Others might have come to mythical conclusions much quicker.

他の人はもっと早く神話的な結論に達していたかもしれない。

But the original letters were lacking from the notes.

しかし、メモには元の手紙が欠落していた。

I half suspected the compiler of having asked leading questions.

私は、コンパイラが誘導尋問をしたのではないかと半分疑っていた。

Or perhaps the correspondences weren't entirely original.

あるいは、それらのやり取りは完全にオリジナルのものではなかったのかもしれない。

Perhaps my uncle had resolved to confirm Wilcox's dreams.

おそらく叔父は、ウィルコックスの夢を現実のものにしようと決意していたのだろう。

That is why I continued to feel suspicious of the sculptor.

だからこそ、私は彫刻家に対して疑念を抱き続けたのだ。

Perhaps he was still cognizant of my uncle's old data.

おそらく彼は、叔父の古いデータをまだ覚えていたのだろう。

Perhaps he had been imposing on the veteran scientist.

彼はベテラン科学者に対して、少々迷惑をかけていたのかも
しれない。

Nonetheless, the corroborating data had to be investigated.

とはいえ、裏付けとなるデータは調査する必要があった。

***

The responses from the esthetes told a disturbing tale.

美的感覚を持つ人々からの回答は、不穏な事実を物語ってい
た。

From February 28th to April 2nd their dreams aligned.

2月28日から4月2日にかけて、彼らの夢は重なり合った。

And a large proportion of them had dreamed very bizarre things.

そして、彼らの多くは、非常に奇妙な夢を見ていた。

The timing of the intensity of their dreams was also of interest.

夢の強烈さが現れるタイミングも興味深い点だった。

The period of the sculptor's delirium marked a highpoint.

彫刻家の錯乱期は、彼の創作活動の絶頂期であった。

The intensity of their dreams were immeasurably the stronger.

彼らの夢の強烈さは、計り知れないほど強かった。

Over a quarter reported unfamiliar and unpronounceable sounds.

4分の1以上が、聞き慣れない、発音できない音を報告した。

Noises not dissimilar to what Wilcox had also described.

ウィルコックスが描写した音とよく似た音だった。

Some described highly elaborate and impossible architecture.

中には非常に精巧で、実現不可能な建築物を描写したものも
あった。
And some of the dreamers confessed to an acute fear.
そして、夢を見た人の中には、強い恐怖を告白した者もいた
。
Like Wilcox, they had seen some gigantic nameless thing.
ウィルコックスと同様、彼らも巨大で名状しがたい物体を目
撃していた。
One case, which the note describes with emphasis, was very
sad.
そのメモで強調されているある事例は、非常に悲しいものだ
った。
The subject was a widely known architect of the region.
その人物は、その地域で広く知られた建築家だった。
He too had leanings toward theosophy and occultism.
彼もまた、神智学やオカルトに傾倒していた。
This man went violently insane on March the 22nd.
この男は3月22日に激しい精神錯乱を起こした。
The exact same date of young Wilcox's seizure.
ウィルコックス少年が発作を起こしたのと全く同じ日付だっ
た。
He expired several months later, after incessant screaming.
彼は数ヶ月後、絶え間ない叫び声を上げた後、息を引き取っ
た。
He begged to be saved from some escaped denizen of hell.
彼は、地獄から脱走した何者かから救ってほしいと懇願した
。
Regrettably, my uncle did not refer to these cases by name.
残念ながら、叔父はこれらの事件について具体的な名前を挙
げては語らなかった。

Instead, all studies were given nothing more than a number.
その代わりに、すべての研究には単なる番号しか与えられな
かった。
This way I was limited in attempting any personal investigation.
このため、私は個人的な調査を試みる上で制約を受けること
になった。
And corroborating the evidence further was demanding.
さらに証拠を裏付ける作業は困難を極めた。
But finally I did succeed in tracing down some cases.
しかし、最終的にはいくつかの事件を突き止めることに成功
した。
I should have trusted the notes from my uncle.
叔父のメモを信じるべきだった。
They reported their dreams true to their reports.
彼らは自分たちの報告通りの夢を報告した。
I have often wondered what they thought the questioning meant.
彼らはその質問をどういう意味だと考えていたのだろうかと
、私はしばしば疑問に思ってきた。
It is for the best that no explanation shall ever reach them.
彼らに説明が届かない方が、むしろ良いのだ。

***

As I have mentioned, my uncle also collected press clippings.
先ほども述べたように、私の叔父も新聞記事の切り抜きを集
めていました。
These press clippings corresponded to the dates in question.

これらの新聞記事は、問題の日付と一致していた。
The sources were scattered throughout the globe.
情報源は世界中に散らばっていた。
Professor Angell must have employed a cutting bureau.
アンジェル教授は裁断専門の業者を雇っていたに違いない。
Because the number of extracts was tremendous.
抽出物の数が膨大だったからです。
There was a parallel to this part of his research.
彼の研究のこの部分には、類似点があった。
Cases of panic, mania, and eccentricity.
パニック発作、躁病、奇行などの症例。
One case was a nocturnal suicide in London.
ある事例は、ロンドンで夜間に起きた自殺事件だった。
A lone sleeper had leaped from a window after a shocking cry.
衝撃的な叫び声の後、一人で寝ていた男が窓から飛び降りた。
A rambling letter to the editor of a paper in South America.
南米の新聞社宛ての、とりとめのない手紙。
A fanatic deduces a dire future from visions he had had.
ある狂信者は、自分が見た幻覚から悲惨な未来を推測する。
A dispatch from California describes a theosophist colony.
カリフォルニアからの報道によると、神智学者のコロニーが存在するという。
They donned white robes en masse for some "glorious fulfilment".
彼らは「輝かしい成就」を求めて、一斉に白いローブを身にまとった。
Although that "glorious fulfilment" never arose.
しかし、その「輝かしい成就」は決して訪れなかった。
There seems to be serious unrest from the natives in India.

インドでは、現地住民の間で深刻な不安が広がっているよう
だ。
Voodoo orgies multiplied in Haiti.
ハイチではブードゥー教の乱交パーティーが急増した。
African outposts report ominous mutterings.
アフリカの前哨基地からは、不穏なざわめきが報告されてい
る。
American officers in the Philippines find certain tribes
bothersome.
フィリピン駐留のアメリカ軍将校は、特定の部族を厄介な存
在だと感じている。
New York policemen are mobbed by hysterical Levantines.
ニューヨークの警官たちが、ヒステリックなレバント人たち
に取り囲まれた。
This occurred exactly on the night of March 22-23.
これはまさに3月22日から23日にかけての夜に起こった出来
事です。
The west of Ireland, too, was full of wild rumor and
legendry.
アイルランド西部もまた、荒唐無稽な噂や伝説に満ちていた
。
A fantastic painter named Ardois-Bonnot made the news in
France.
アルドワ＝ボノという素晴らしい画家がフランスで話題にな
った。
He hung a blasphemous dream landscape in the Paris spring
salon.
彼はパリの春のサロンに、冒涜的な夢のような風景画を飾っ
た。

The recorded troubles in insane asylums were immeasurable.

精神病院で記録された問題は計り知れないほど多かった。

A miracle must have kept the medical fraternities unsuspecting.

奇跡でも起きたのか、医療関係者たちは何も疑わなかったに違いない。

But they never noted the strange parallelisms of the cases.

しかし、彼らはこれらの事件の奇妙な類似点に全く気づかなかった。

Else they too would have come to mystified conclusions.

そうでなければ、彼らもまた困惑した結論に達していただろう。

I must confess these were indeed a set of weird paper cuttings.

確かにこれらは奇妙な切り絵の集まりだったと認めざるを得ない。

My uncle had put forward a convincing argument.

叔父は説得力のある主張を展開した。

I can't explain how I set the evidence aside.

どうやって証拠を脇に置いたのか、説明できません。

But my callous rationalism took the upper hand.

しかし、私の冷徹な合理主義が優勢になった。

And I was still suspicious of the young sculptor, Wilcox.

そして私は、若い彫刻家ウィルコックスに対して依然として疑念を抱いていた。

He must have known of the older matters mentioned by the professor.

彼は教授が言及した過去の事柄について知っていたに違いない。

The Tale of Inspecter Legrasse
ルグラス警部の物語

Let me turn your attention away from the young sculptor.
若い彫刻家から皆さんの注意をそらしましょう。
And let us focus on the second half of the manuscript.
それでは、原稿の後半部分に焦点を当てましょう。
A few dreams alone would not have been so significant.
ほんの数個の夢だけでは、それほど大きな意味はなかっただ
ろう。
The bas-relief could have been dismissed as a hoax.
そのレリーフは偽物として片付けられてしまう可能性もあっ
た。
But my uncle had previously been primed to take interest.
しかし、叔父は以前から興味を持つように仕向けられていた
。
Wilcox's dream seemed to have a link to past events.
ウィルコックスの夢は、過去の出来事と何らかの関連がある
ように思われた。
It wasn't the first time that he had heard that word.
彼がその言葉を聞いたのは初めてではなかった。
The ominous syllables perhaps written as "Cthulhu".
不吉な音節は、おそらく「クトゥルフ」と綴られているのだ
ろう。
He had seen and heard of similar descriptions before.
彼は以前にも同様の描写を見たり聞いたりしたことがあった
。
The hellish outlines of the nameless monstrosity.
名もなき怪物の、地獄のような輪郭。
He had previously puzzled over the same hieroglyphics.

彼は以前にも同じ象形文字に頭を悩ませていた。
All this produced a horrible connection of events.
これらすべてが、恐ろしい一連の出来事を引き起こした。
It is no wonder he pursued young Wilcox with queries.
彼が若いウィルコックスに質問攻めにしたのも無理はない。
And we must not be surprised he interrogated Wilcox so.
そして、彼がウィルコックスをあれほど厳しく尋問したこと
に、私たちは驚くべきではない。
This earlier experience had come in the year of 1908.
この以前の経験は1908年のことだった。
Seventeen years before Wilcox came to my great-uncle.
ウィルコックスが私の大叔父のところに来る17年前のことだ
った。
The archeological society were meeting in St. Louis.
考古学会はセントルイスで会合を開いていた。
Professor Angell had a prominent part in the deliberations.
アンジェル教授は審議において重要な役割を果たした。
His responsibilities befitted one of his authority.
彼の責任は、その地位にふさわしいものだった。
He was one of the first to be approached by several
outsiders.
彼は、複数の外部関係者から最初に接触を受けた人物の一人
だった。
They took advantage of the convocation to offer questions.
彼らは集会を利用して質問をした。
They hoped for correct answering from an expert.
彼らは専門家からの正確な回答を期待していた。
They each had very peculiar types of problems.
彼らはそれぞれ、非常に特殊な問題を抱えていた。
And they required very different types of solutions.

そして、それぞれには全く異なるタイプの解決策が必要だった。

The chief of these was a common-looking middle-aged man.
その中心人物は、ごく普通の容姿の中年男性だった。
And he quickly became the meeting's focus of interest.
そして彼はたちまち会議の注目の的となった。

***

He had traveled to St. Louis all the way from New Orleans.
彼はニューオーリンズから遥々セントルイスまでやって来たのだ。
He had come to the meeting for special information.
彼は特別な情報を得るために会議に出席した。
Knowledge that could not be unobtained from local source.
地元の情報源からしか得られない知識。
His name was John Raymond Legrasse, police inspector.
彼の名はジョン・レイモンド・ルグラス、警察の警部だった。
He bore with him the mysterious subject of his inquiries.
彼は、自らの調査対象である謎めいた事柄を携えていた。
A grotesque and apparently very ancient stone statuette.
グロテスクで、いかにも古そうな石像。
A statuette whose origin no one had been able to determine.
その出所は誰にも分からなかった小像。
But don't assume Inspector Legrasse was an archeologist.
しかし、ルグラス警部が考古学者だったと決めつけてはいけない。
He had very little interest in archeology, nor mythology.
彼は考古学にも神話にもほとんど興味がなかった。

His wish for enlightenment had rather different motivations.

彼が悟りを求めた動機は、むしろ別のところにあった。

He was prompted to come by purely professional considerations.

彼がここに来ることを決めたのは、純粋に仕事上の理由からだった。

The statuette had been captured as part of a police raid.

その小像は、警察の捜索の一環として押収されたものだった。

Although whether it was even a statuette wasn't determined.

それがそもそも置物だったのかどうかも確認されなかった。

It could also have been an idol, magic fetish, or charm.

それは偶像、魔術的なお守り、あるいは魔除けだった可能性もある。

Whatever it was, it had been captured some months previously.

それが何であれ、数ヶ月前に捕獲されていたものだった。

A meeting was being held in the wooded swamps of New Orleans.

ニューオーリンズの森林に覆われた湿地帯で会議が開かれていた。

The police had been tipped of about a supposed voodoo meeting.

警察は、ブードゥー教の集会が開かれるという通報を受けていた。

Strange and hideous rites connected with the voodoo circle.

ブードゥー教の儀式に関連する、奇妙で恐ろしい儀式。

The police could not but realize what they had stumbled on.

警察は自分たちが何に遭遇したのかを悟らずにはいられなかった。

A dark cult previously totally unknown to the authorities.
当局がこれまで全く知らなかった、謎のカルト集団。
Infinitely more sinister than what an outsider could expect.
部外者が想像するよりもはるかに邪悪だ。
More diabolic than the blackest of the African voodoo circles.
アフリカのブードゥー教の最も邪悪な集団よりもさらに邪悪だ。
Unbelievable tales were extorted from the captured cult members.
捕らえられたカルト教団員たちから、信じがたいような話が次々と聞き出された。
But nothing of the relic's origin could be discovered.
しかし、その遺物の起源については何も解明されなかった。
Hence the anxiety of the police for any antiquarian lore.
そのため、警察は古物に関するあらゆる伝承に対して不安を抱くのである。
Ancient mythology might explain the frightful symbol.
古代神話が、その恐ろしいシンボルを説明するかもしれない。
Deeper knowledge could perhaps track the fountain-head.
より深い知識があれば、その源流を辿ることができるかもしれない。
Inspector Legrasse was not prepared for the excitement he created.
ルグラス警部は、自分が引き起こした騒動に全く心の準備ができていなかった。
One sight of the mysterious object was all that was required.
その謎の物体を一度目にするだけで十分だった。
The assembled men of science were filled with curiosity.

集まった科学者たちは好奇心に満ち溢れていた。

They lost no time in crowding closely around the inspector.

彼らは間髪入れずに検査官の周りに群がった。

And they all tried to get the best look at the diminutive figure.

そして皆、その小柄な姿を少しでもよく見ようとした。

***

The genuinely abysmal antiquity inspired wild imagination.

真に悲惨な古代の姿は、奔放な想像力を掻き立てた。

The strangeness hinted so potently at unopened and archaic vistas.

その奇妙さは、未開拓の古の景観を強く示唆していた。

No recognized school of sculpture had animated this terrible object.

いかなる著名な彫刻流派も、この恐ろしい物体に命を吹き込んだことはなかった。

Yet centuries seemed recorded in the dim and greenish surface.

しかし、薄暗く緑がかった表面には、幾世紀もの歳月が刻まれているように見えた。

Perhaps thousands of years were hidden in this unplaceable stone.

おそらく、この出所不明の石には数千年もの歳月が隠されているのだろう。

The figurine was finally passed slowly from man to man.

その置物は、最終的にゆっくりと人から人へと手渡された。

Each scientist carefully studied the strange markings of the stone.

科学者たちはそれぞれ、その石に刻まれた奇妙な模様を注意深く調べた。

The work was between seven and eight inches in height.

その作品の高さは7～8インチだった。

And the exquisite artistic workmanship must be noted.

そして、その卓越した芸術的技巧にも注目すべきである。

The carvings represented a monster of vaguely anthropoid outline.

その彫刻は、漠然と人型をした怪物を表現していた。

On the face of the octopus-esque head was a mass of feelers.

タコのような頭部の表面には、無数の触角が生えていた。

Prodigious claws on hind and fore feet protruded from the body.

後足と前足には、体から突き出た巨大な爪があった。

The bloated corpulence had a rubbery looking quality to it.

膨れ上がった肥満体は、ゴムのような質感を持っていた。

And from behind the rubbery body came out two narrow wings.

そして、ゴムのような体の後ろから、2枚の細長い翼が出てきた。

It would be instinctual to think of this thing as fearsome.

この存在を恐ろしいと考えるのは、本能的な反応だろう。

There was an unnatural malignancy to the aura of the creature.

その生物のオーラには、不自然な悪意が漂っていた。

The gargantuan squatted evilly on a rectangular block.

その巨人は長方形のブロックの上に不気味にしゃがみ込んでいた。

The pedestal it was on was covered with undecipherable characters.

それが置かれていた台座には、判読不能な文字がびっしりと刻まれていた。

The tips of the wings touched the back edge of the block.

翼の先端がブロックの後端に触れた。

The creature was sitting on the middle of the giant block.

その生き物は巨大なブロックの真ん中に座っていた。

Its legs were doubled up under its monstrous body.

その巨大な体の下には、両足が折り畳まれていた。

The long, curved claws gripped the front edge of the cliff.

長く湾曲した爪が崖の先端をしっかりと掴んでいた。

The cephalopod head was bent forward, observing its kingdom.

頭足類の頭は前に傾き、自分の王国を観察していた。

The ends of the facial feelers brushed the backs of huge forepaws.

顔の触角の先端が、巨大な前足の裏に触れた。

And the forepaws clasped the croucher's elevated knees.

そして前足は、しゃがみ込んだ動物の高く上げた膝をしっかりと掴んだ。

The appearance of the grotesque scene was abnormally lifelike.

そのグロテスクな光景は、異常なほどリアルだった。

But this lifelike quality only added a subtle reason to be more fearful.

しかし、このリアルな質感は、かえって恐怖心を募らせる微妙な理由となった。

Because we knew nothing about the source of the depiction.

なぜなら、私たちはその描写の出所について何も知らなかったからだ。

The creature's vast, awesome, and incalculable age was unmistakable.

その生物の巨大で畏怖すべき、そして計り知れない年齢は紛れもなく明らかだった。

But not one link did the depiction show with any known type of art.

しかし、その描写は既知のいかなる種類の芸術とも一切関連性を示さなかった。

Not even the earliest civilizations made reference to this creature.

最も古い文明でさえ、この生物について言及していなかった。

But that is not the only point at which our knowledge failed us.

しかし、私たちの知識が役に立たなかったのは、それだけではない。

***

The mineralogy of the stone was also a complete mystery.

その石の鉱物組成も全くの謎だった。

Gold specks dotted the soapy, greenish-black stone.

石鹸のような質感の、緑がかった黒色の石には、金色の斑点が点々と散らばっていた。

Iridescent striations ran along the length of the stone.

石の表面には、虹色に輝く筋模様が走っていた。

In short, the stone resembled nothing within mineralogy.

つまり、その石は鉱物学上の何物にも似ていなかった。

Geologists hadn't been able to identify the stone either.

地質学者たちもその石の正体を特定できなかった。

The hieroglyphs along the stone were equally baffling.

石に刻まれた象形文字も同様に不可解だった。

The writing system was horribly different than other scripts.

その文字体系は、他の文字体系とはひどく異なっていた。

A representation of half the world's leading experts was present.

世界を代表する専門家の半数が出席した。

But no link to any known writing system could be established.

しかし、既知の文字体系との関連性は確認できなかった。

Everything frightfully suggested an old and unhallowed cycle of life.

すべてが、古く不浄な生命の循環を恐ろしく示唆していた。

A history in which our world and our conceptions played no part.

私たちの世界観や概念が全く関係のない歴史。

The experts shook their heads, admitting they had been defeated.

専門家たちは首を横に振り、敗北を認めた。

But one expert did not give up quite so quickly.

しかし、ある専門家はそう簡単には諦めなかった。

He claimed to have a touch of bizarre familiarity with the subject.

彼はその件に関して、妙に詳しい知識を持っていると主張した。

The monstrous shape and writing weren't entirely new to him.

その異様な形と文字は、彼にとって全く新しいものではなかった。

With some diffidence he told of the odd trifle he knew.

彼はやや遠慮がちに、自分が知っている些細な出来事を語った。

This person was the late William Channing Webb.

この人物は故ウィリアム・チャニング・ウェッブ氏です。

He was professor of anthropology in Princeton University.

彼はプリンストン大学の人類学教授だった。

And he was an explorer of no small significance.

そして彼は、決して軽視できないほど重要な探検家だった。

***

Forty-eight years ago he was exploring Greenland and Iceland.

48年前、彼はグリーンランドとアイスランドを探検していた。

His group were in search of some Runic inscriptions.

彼のグループはルーン文字の碑文を探していた。

But the expedition failed to unearth any inscriptions.

しかし、探検隊は碑文を一切発見できなかった。

They trekked the heights of West Greenland's coasts.

彼らは西グリーンランドの海岸沿いの高地をトレッキングした。

Here they encountered a strange cult of degenerate Eskimos.

そこで彼らは、退廃的なエスキモーの奇妙なカルト集団に遭遇した。

Their religion consisted of a form of devil-worship.

彼らの宗教は、悪魔崇拝の一形態であった。

And their rituals were deliberately bloodthirsty and repulsive.

そして彼らの儀式は、意図的に残虐で忌まわしいものだった。

It was a faith of which other Eskimos knew little.

それは、他のエスキモーがほとんど知らなかった信仰だった。

Locals shuddered at the mention of their practices.

地元住民は、彼らの慣習について聞かされただけで身震いした。

They said their believes came from horribly ancient eons.

彼らは、自分たちの信仰は恐ろしくも太古の時代から受け継がれてきたものだと述べた。

A time before the world as we know it now had ever been made.

私たちが今知っているような世界がまだ存在していなかった時代。

There were human sacrifices and queer hereditary rituals.

人身御供や、奇妙な世襲儀式があった。

And all their worship was directed at a supreme tornasuk.

そして彼らの崇拝はすべて、至高のトルナスクに向けられていた。

Professor Webb had taken a phonetic copy from an aged angekok.

ウェブ教授は、年老いたアンゲコックから発音を写し取っていた。

He had transcribed the wizard-priest's chants as best he could.

彼は魔法使い兼司祭の呪文をできる限り正確に書き写した。

But currently these transcriptions weren't of prime significance.

しかし、現時点ではこれらの転写はそれほど重要な意味を持っていなかった。

The cult had a cherished stone that they worshipped.

そのカルト集団は、崇拝する大切な石を持っていた。

They danced wildly when the aurora leaped over the ice cliffs.

オーロラが氷の崖を飛び越えたとき、彼らは激しく踊り狂った。

And in the midst of their dance was the strange stone.

そして、彼らの踊りの最中に、奇妙な石があった。

It was, the professor stated, a very crude bas-relief of stone.

教授は、それは非常に粗雑な石のレリーフだったと述べた。

The stone comprised a hideous picture and some cryptic writing.

その石には、おぞましい絵と謎めいた文字が刻まれていた。

And as far as he could tell this stone was a rough parallel.

そして、彼が知る限り、この石はそれと大まかに似ている。

The stone had all the same essential features of bestial things.

その石は、獣的なものが持つ本質的な特徴をすべて備えていた。

The scientists received this data with suspense and astonishment.

科学者たちはこのデータを驚きと緊張感をもって受け取った。

Even Inspector Legrasse had quickly gained an interest in mythology.

ルグラス警部でさえ、すぐに神話に興味を持つようになった。

And he began at once to ply his informant with questions.

そして彼はすぐに情報提供者に対して質問攻めを始めた。

He had notes of the oral ritual of the cult-worshipers in the swamp.

彼は沼地に住むカルト信者たちの口伝儀式に関するメモを持っていた。

He besought the professor to remember the diabolist Eskimos' chants.

彼は教授に、悪魔崇拝者のエスキモーの詠唱を覚えておくよ
う懇願した。
There then followed an exhaustive comparison of details.
その後、細部にわたる徹底的な比較が行われた。
And there then followed a moment of really awed silence.
そしてその後、畏敬の念に満ちた静寂が訪れた。
The Eskimo wizards and the Louisiana swamp-priests were
worlds apart.
エスキモーの魔術師とルイジアナの沼地の司祭は、全く異な
る世界だった。
And yet there was a phrase the two hellish rituals had in
common.
しかし、その二つの地獄のような儀式には共通するフレーズ
があった。
"Ph'nglui mglw'nafh Cthulhu R'lyeh wgah'nagl fhtagn."
「プンルイ・ムグルウナフ・クトゥルフ・ルルイエ・ウガー
ナグル・フタグン」

***

Legrasse had one advantage over Professor Webb.
ルグラスにはウェブ教授に対して一つ有利な点があった。
He had spoken to several of his mongrel prisoners.
彼は捕虜にした雑種の犬数匹と話をした。
Some of them had passed on the phrase's meaning.
彼らの中には、そのフレーズの意味を伝えた者もいた。
"In his house at R'lyeh dead Cthulhu waits dreaming."
「ルルイエにある彼の家で、死せるクトゥルフは夢を見なが
ら待っている。」
So the attention turned back to Inspector Legrasse.

こうして、再びルグラス警部に注目が集まった。
And he was probed with many disconnected questions.
そして彼は、脈絡のない多くの質問を浴びせられた。
He detailed his experience with the worshipers from the swamp.
彼は沼地から来た信者たちとの体験を詳しく語った。
My uncle attached profound significance to the story.
叔父はその話に深い意味を見出していた。
The report savored of the wildest dreams of myth-makers.
その報告書は、神話創造者たちの最も荒唐無稽な夢を彷彿とさせた。
Theosophists could not have provided more imagination.
神智学徒たちでさえ、これ以上の想像力は持ち合わせていなかっただろう。
But the philosophies came from unexpected sources.
しかし、その哲学は意外なところから生まれた。
Half-castes and pariahs told these fantastical stories.
混血児や社会から疎外された人々が、こうした空想的な物語を語り継いだ。
On November 1st, 1907, his chain of events unfolded.
1907年11月1日、彼の身に降りかかる一連の出来事が始まった。
The New Orleans police received desperate calls.
ニューオーリンズ警察は、切羽詰まった通報を多数受けた。
They were called to the swamp and lagoon country to the south.
彼らは南方の沼地と潟湖地帯へと召集された。
The settlers there were mostly primitive, but good-natured.
そこに住む入植者たちは概して原始的だったが、気立ては良かった。

Most living by the swamp were descendants of Lafitte's men.

沼地のそばに住んでいた人々のほとんどは、ラフィットの部下の子孫だった。

But now they were in the grip of stark terror.

しかし今、彼らは激しい恐怖に襲われていた。

An unknown thing had stolen upon them in the night.

夜中に、何かが彼らに忍び寄った。

It was voodoo, apparently, that caused the disturbance.

どうやら、騒動の原因はブードゥー教だったようだ。

But it was a voodoo unlike the other forms of voodoo.

しかしそれは、他のブードゥー教とは異なるブードゥー教だった。

Voodoo of a more terrible sort than they had ever known.

彼らがこれまで知っていたものよりも、はるかに恐ろしいブードゥー教だった。

Some of their women and children had disappeared.

彼女たちの女性や子供の中には行方不明になった者もいた。

A malevolent drumming had begun its incessant beating.

邪悪な太鼓の音が、絶え間なく鳴り響き始めた。

Far and deep within those dark, black haunted woods.

暗く、漆黒の、幽霊が出ると噂される森の奥深く。

There, where no dweller dared to ventured close to.

そこは、住人が誰も近づこうとしない場所だった。

There were insane shouts and harrowing screams.

狂気じみた叫び声と、身の毛もよだつような悲鳴が響き渡った。

Soul-chilling chants and dancing devil-flames.

魂を凍らせるような詠唱と、踊る悪魔の炎。

The messenger and his people could stand it no more.

使者とその一行は、もう我慢の限界だった。

A body of twenty police set out in the late afternoon.

午後遅く、20人の警官隊が出発した。

And a shivering settler came with them as a guide.

そして、震える入植者が案内役として彼らに同行した。

***

At the end of the passable road they alighted.

通行可能な道の終点で彼らは降りた。

For miles and miles they splashed on in silence.

彼らは何マイルも何マイルも、水しぶきを上げながら静かに
進み続けた。

And they went on through the terrible cypress woods.

そして彼らは、恐ろしいイトスギの森を通り抜けていった。

Dark, dark woods in which day but almost never came.

暗く、暗い森。昼間はほとんど訪れない。

Ugly roots set traps for them in the wet ground.

湿った地面では、醜い根が彼らを罠にかける。

Malignant hanging nooses of Spanish moss beset them.

悪意に満ちたスペインモスの垂れ下がる縄が、彼らを取り囲
んでいる。

In the distance the settlement slowly came into sight.

遠くに集落がゆっくりと視界に入ってきた。

Hysterical dwellers ran out of the miserable huts.

ヒステリックになった住民たちは、みすぼらしい小屋から飛
び出した。

They clustered around the group of bobbing lanterns.

彼らはゆらゆらと揺れる提灯の群れの周りに集まった。

Far, far ahead the cause of all the fear could be heard.

はるか遠くから、すべての恐怖の原因が聞こえてきた。

The muffled beat of drums was now faintly audible.

かすかにドラムの音が聞こえてきた。

At times the wind shifted and revealed different sounds.

時折風向きが変わると、様々な音が聞こえてきた。

Curdling shrieks were audible at infrequent intervals.

身の毛もよだつような悲鳴が、時折聞こえてきた。

A reddish glare seemed to filter through the undergrowth.

下草の間から、赤みがかった光が差し込んでいるように見えた。

The settlers were reluctant to be left alone again.

入植者たちは再び一人ぼっちになることを嫌がった。

But they point blank refused to move forwards either.

しかし、彼らも前に進むことをきっぱりと拒否した。

So the inspector and his colleagues plunged on unguided.

こうして、検査官とその同僚たちは、何の指示も受けずに突き進んだ。

And they went into the black arcades of horror.

そして彼らは、恐怖の暗黒のアーケードへと足を踏み入れた。

The region was one of traditionally evil repute.

その地域は、伝統的に悪名高い地域だった。

The lands were substantially unknown by white men.

その土地は、白人にとってほとんど未知の土地だった。

Not many explorers had traversed those regions yet.

当時、その地域を踏破した探検家はまだ多くなかった。

There were also legends of a hidden away lake.

隠された湖についての伝説もあった。

A body of water still unglimpsed by mortal sight.

人間の目にはまだ捉えられていない水域。

In the lake it was said there dwelt a strange creature.

その湖には、奇妙な生き物が住んでいると言われていた。

A huge, formless white polypous thing with luminous eye.

巨大で形のない白いポリープ状の物体で、光る目を持つ。

And settlers whispered about bat-winged devils.

そして入植者たちは、コウモリの翼を持つ悪魔についてささやき合った。

They flew up out of caverns from the inner earth.

彼らは地底の洞窟から飛び出してきた。

And together the demons worship it at midnight.

そして悪魔たちは真夜中に集まってそれを崇拝する。

They said it had been there before D'Iberville.

彼らは、それはディベルヴィル以前からそこにあったと言った。

They said it had been there before La Salle too.

彼らは、それはラ・サール大学ができる前からそこにあったと言っていた。

They said it was there before the Native Americans.

彼らは、それはネイティブアメリカンが来る前からそこにあったと言った。

Perhaps it was even there before the wholesome beasts.

もしかしたら、健全な獣たちが現れる前から存在していたのかもしれない。

It was a nightmare itself that made men dream.

悪夢そのものが、男たちに夢を見させたのだ。

And to see the thing was the same as death.

そして、それを見ることは、死ぬことと同じだった。

And so they had enough warning to know to keep away.

だから彼らは、近づかないようにするのに十分な警告を受けていたのだ。

Because it was indeed where they were warned it was.

なぜなら、それはまさに彼らが警告されていた場所だったか
らだ。

The voodoo orgy was on the fringe of this abhorred area.

そのブードゥー教の乱交パーティーは、忌み嫌われるこの区
域の端っこで行われていた。

But the location was already bad enough by itself.

しかし、立地自体がすでに十分悪かった。

The voodoo activities only added to the horror.

ブードゥー教の儀式は、恐怖をさらに増幅させた。

Perhaps poetry could do justice to the noises heard.

おそらく詩であれば、聞こえてくる音を正当に表現できるだ
ろう。

Otherwise only madness would help one understand.

そうでなければ、狂気だけが理解の助けとなるだろう。

But Legrasse's plowed on through the black morass.

しかし、ルグラスは黒い泥沼を突き進んでいった。

The sound of the muffled drumming slowly crystalized.

くぐもったドラムの音が、ゆっくりと結晶化していった。

And they continued steadily towards the red glare.

そして彼らは、赤い閃光に向かって着実に進み続けた。

***

There are vocal qualities specific to men.

男性特有の声質が存在する。

And there are vocal qualities specific to beasts.

そして、獣特有の鳴き声の特徴もある。

It is terrible when one makes the sounds of the other.

一方が他方の音を出すのはひどいことだ。

Animal fury freed them of their human restraint.

動物的な怒りが、彼らを人間の束縛から解放した。

Orgiastic license whipped them into demoniac heights.

乱痴気騒ぎの自由が彼らを悪魔的な高みへと駆り立てた。

Howls that tore through those perpetually dark woods.

永遠に暗い森を切り裂くような遠吠え。

Squawking ecstasies that echoed in everyone's mind.

皆の心に響き渡る、狂喜の叫び声。

Sounds like pestilential tempests from the gulfs of hell.

まるで地獄の淵から吹き荒れる疫病の嵐のようだ。

Now and then the less organized ululations would cease.

時折、まとまりのない叫び声が止むこともあった。

A well-drilled chorus of hoarse voices rose in singsong.

よく訓練された、かすれた声の合唱が、歌うように響き渡った。

And they chanted that hideous phrase of their ritual.

そして彼らは、儀式で唱えるあの忌まわしいフレーズを唱えた。

"Ph'nglui mglw'nafh Cthulhu R'lyeh wgah'nagl fhtagn"

「プンルイ・ムグルウナフ・クトゥルフ・ルルイエ・ウガーナグル・フタグン」

Then the men reached a spot where the trees were sparser.

そして男たちは、木々がまばらな場所にたどり着いた。

Suddenly they come in sight of the spectacle itself.

突然、彼らはその光景そのものを目の当たりにする。

Four of them reeled from the horrible things they saw.

彼ら4人は、目にした恐ろしい光景に衝撃を受けた。

One man fainted, and two were shaken into a frantic cry.

一人は気を失い、二人は揺さぶられて悲鳴を上げた。

Fortunately their screams were not heard by other ears.

幸いにも、彼らの叫び声は他の人には聞こえなかった。
The mad cacophony of the orgy deadened their screams.
乱交パーティーの狂乱的な騒音が、彼らの叫び声をかき消した。
Legrasse splashed swamp water on the fainting man.
ルグラスは気絶した男に沼の水をかけた。
They stood up again, but nearly hypnotized with horror.
彼らは再び立ち上がったが、恐怖でほとんど催眠術にかかったようだった。
In a natural glade of the swamp stood a grassy island.
沼地の自然の開けた場所に、草に覆われた島が立っていた。
The grassy island extended perhaps for an acre.
その草に覆われた島は、おそらく1エーカーほどの広さだった。
And the area was clear of trees and tolerably dry.
その地域は木々がなく、比較的乾燥していた。
A horde of human abnormality leaped and twisted.
人間の異常な群れが飛び跳ね、体をよじった。
No Sime could paint what the men were seeing.
男たちが目にしていたものを、どんなシメも絵に描くことはできなかっただろう。
No Angarola has ever painted such an indescribable scene.
アンガローラがこれほどまでに言葉では言い表せない情景を描いたことはかつてなかった。
The hybrid spawn made a monstrous ring-shaped bonfire.
ハイブリッドの子孫は、巨大な環状の焚き火を作り出した。
They brayed bellowed and writhed about in their nudity.
彼らは裸のまま、いななく鳴き叫び、身をよじった。
Occasionally there were rifts in the curtain of flame.
時折、炎の幕に亀裂が生じた。

And there the object of their worship revealed itself.

そして、そこで彼らが崇拝していた対象が姿を現した。

In the midst of the fire stood a great granite monolith.

炎の真っただ中に、巨大な花崗岩の一枚岩が立っていた。

The stone structure was only about eight feet in height.

その石造りの建造物の高さはわずか8フィートほどだった。

And the noxious carven statuette rested on the monolith.

そして、その不吉な彫刻像は、一枚岩の上に置かれていた。

The idle was almost incongruous in its diminutiveness.

そのアイドルは、その小ささゆえに、ほとんど不釣り合いな
ほどだった。

Spaced evenly, scaffolds had been erected around the fire.

火災現場の周囲には、等間隔に足場が組まれていた。

From the scaffolding hung a number of marred bodies.

足場からは、無数の傷ついた遺体が吊り下げられていた。

The bodies of those that had disappeared from nearby.

近隣で行方不明になった人々の遺体。

It was inside this circle the ring of worshipers were.

この円の中に、信者たちの輪があった。

And they roared and jumped in the frantic trance.

そして彼らは狂乱の恍惚状態の中で咆哮し、飛び跳ねた。

The general direction of the motion was anti-clockwise.

運動の一般的な方向は反時計回りだった。

The ring of bodies circling around the ring of fire.

炎の輪の周りを、人々の輪が取り囲んでいる。

One man recollected other details even more concerning.

ある男性は、さらに憂慮すべき詳細を思い出した。

But perhaps the echoes induced him to hear other things.

しかし、おそらくその反響音によって、彼は他の音も聞き取
るようになったのだろう。

He fancied he heard antiphonal responses to the ritual.

彼は、儀式に対する応答歌が聞こえたような気がした。
Noises from an unillumined spot deeper within the woods.
森の奥深く、明かりの当たらない場所から物音が聞こえる。
This man, Joseph D. Galvez, I later met and questioned.
この男、ジョセフ・D・ガルベスとは、後に私が会って尋問した人物である。
And he proved to indeed be distractingly imaginative.
そして彼は確かに、人を惑わすほど想像力豊かであることが証明された。
He even hinted at the faint beating of great wings.
彼は、巨大な翼がかすかに羽ばたく音さえもほのめかした。
And he suggested there was a glimpse of shining eyes.
そして彼は、輝く瞳がちらりと見えたと示唆した。
And beyond the trees, a mountainous white bulk of something.
そして木々の向こうには、山のような白い塊がそびえ立っていた。
I suppose he had heard too much native superstition.
彼はおそらく、現地の迷信を聞き過ぎていたのだろう。
But actually the horrified pause was relatively brief.
しかし実際には、恐怖に震える沈黙は比較的短かった。
Duty came first, and they had come to do a job.
任務が最優先であり、彼らは仕事をするためにやって来たのだ。

***

There must have been nearly a hundred mongrel celebrants.
雑種犬が100匹近くも祝っていたに違いない。
But the police were able to rely on their firearms.

しかし、警察は銃器に頼ることができた。

And they plunged determinedly into the nauseous rout.

そして彼らは、吐き気を催すような大敗へと、決然と突入していった。

For five minutes the chaotic din was beyond description.

その5分間の混沌とした騒音は、言葉では言い表せないほどだった。

Wild blows were struck and shots were fired.

乱闘が起こり、銃声が響いた。

Some escaped arrest by running into the darkness.

中には暗闇に逃げ込んで逮捕を免れた者もいた。

They had a better knowledge of the layout of the swamp.

彼らは沼地の地形についてより詳しい知識を持っていた。

But Legrasse and his men caught around half of them.

しかし、ルグラスとその部下たちは、そのうちの約半数を捕らえた。

And they counted around forty-seven sullen prisoners.

そして彼らは、不機嫌そうな囚人を約47人数えた。

They were forced to put on their clothes again.

彼らは再び服を着ることを強いられた。

And they fell into line between two rows of policemen.

そして彼らは警官の二列の間に整列した。

Five of the worshipers lay dead by the fire.

礼拝者のうち5人が火のそばで死亡していた。

Two severely wounded prisoners were carried away.

重傷を負った囚人2人が運び出された。

Of course the image on the monolith was removed.

もちろん、モノリスに刻まれた画像は削除された。

Legrasse himself took the evidence to the police station.

ルグラス自身が証拠品を警察署に持ち込んだ。

The trip back to the headquarters was of intense strain.

本部への帰路は、非常にストレスのかかるものだった。

The men were examined when they got back to civilization.

男たちは文明社会に戻った後、検査を受けた。

The prisoners all proved to be men of a very low type.

囚人たちは皆、極めて卑劣な人間であることが判明した。

They were all mixed-blooded, and mentally aberrant.

彼らは皆混血で、精神的に異常だった。

Most were seamen by trade, or some similar professions.

彼らのほとんどは船員、あるいはそれに類する職業に就いていた。

Negroes and mulattoes were sprinkled among them.

彼らの中には、黒人や混血の人々が点在していた。

But most seemed to be West Indians or Brava Portuguese.

しかし、ほとんどは西インド諸島出身者か、ブラバ・ポルトガル人だったようだ。

They primarily came from the Cape Verde Islands.

彼らは主にカーボベルデ諸島出身だった。

They gave the heterogeneous cult a coloring of voodooism.

彼らは、多様な集団にブードゥー教の色合いを与えた。

But there wasn't even a need to ask too many questions.

しかし、それほど多くの質問をする必要さえなかった。

The conclusion quickly became manifest by itself.

その結論はすぐに自ずと明らかになった。

Something far deeper than negro fetishism was involved.

そこには、黒人フェティシズムよりもはるかに根深い何かが関わっていた。

Although ignorant, but their story was consistent.

彼らは無知ではあったが、話の内容は一貫していた。

The creatures all spoke of the same central idea.

それらの生き物は皆、同じ中心的な考えを語っていた。
They certainly all shared the same loathsome faith.
彼らは確かに皆、同じ忌まわしい信仰を共有していた。
They worshiped, so they said, the great old ones.
彼らは、偉大なる古代の存在を崇拝していた、と彼らは言っていた。
The great old ones lived long before there were any men.
偉大なる古代の存在たちは、人間が生まれるずっと前から生きていた。
And they came to the young world out of the sky.
そして彼らは、空から若い世界にやって来た。
Those old ones were now gone, they explained.
それらの古いものはもうなくなってしまった、と彼らは説明した。
They were now inside the earth and under the sea.
彼らは今、地球内部と海底にいた。
But their dead bodies found ways to tell their secrets.
しかし、彼らの死体は、何らかの方法で秘密を語り始めた。
They whispered into the dreams of the first men.
彼らは最初の人間たちの夢の中にささやきかけた。
And the first men formed a cult which has never died.
そして最初の人間たちは、決して滅びることのない宗教を形成した。

***

The cult had always existed, and always would exist.
そのカルト集団は常に存在してきたし、これからも存在し続けるだろう。
Their followers were hidden in wastes all over the world.

彼らの信奉者たちは、世界中の荒野に身を隠していた。
Their followers were in dark places explorers overlooked.
彼らの信奉者たちは、探検家たちが見落とした暗い場所に潜んでいた。
And they would remain hidden until they were called.
そして彼らは呼び出されるまで身を隠し続けるだろう。
When the great priest Cthulhu rises again to the surface.
偉大なる司祭クトゥルフが再び地上に姿を現す時。
When Cthulhu brings the earth again beneath his sway.
クトゥルフが再び地球を自らの支配下に置く時。
When Cthulhu leaves from his dark house in the mighty city of R'lyeh.
クトゥルフが強大な都市ルルイエにある暗黒の館を去るとき。
Some day he was going call, when the stars were ready.
星々が準備を整えた時、彼はいつか電話をかけるだろう。
And the secret cult will always be waiting to liberate him.
そして、秘密結社は彼を解放するために常に待ち構えているだろう。
Meanwhile, no more of his story must be told.
一方、彼の物語はこれ以上語られるべきではない。
There was a secret even torture could not extract.
拷問をもってしても聞き出せない秘密があった。
Mankind was not alone among the conscious things of earth.
地球上の意識を持つ存在の中で、人類は唯一の存在ではなかった。
Because shapes came out of the dark to visit the faithful few.
なぜなら、闇の中から様々な形が現れ、ごく少数の忠実な者たちを訪れたからだ。
But these were not the great old ones.

しかし、これらは偉大な古代の神々ではなかった。

No man had ever seen the great old ones.

かつて、偉大なる古き者たちを見た者は誰もいなかった。

The carven idol was of great Cthulhu.

その彫刻された偶像は、偉大なるクトゥルフの像だった。

None could say whether the others were like him.

他の者たちが彼に似ていたかどうかは、誰にも分からなかった。

No one could read the old writing now.

今では誰もその古い文字を読むことができなかった。

Instead, things were told by word of mouth.

その代わりに、物事は口コミで伝えられた。

The chanted ritual was not the secret.

詠唱された儀式は秘密ではなかった。

The secret was never spoken aloud, only whispered.

その秘密は決して声に出して語られることはなく、ただささやき声で伝えられるだけだった。

The chant meant one thing, and one thing alone:

その掛け声はただ一つのことを意味していた。

"In his house at R'lyeh dead Cthulhu waits dreaming."

「ルルイエにある彼の家で、死せるクトゥルフは夢を見ながら待っている。」

Only two of the prisoners were found sane enough to be hanged.

囚人のうち、絞首刑に処されるのに十分な精神状態にあると判断されたのはわずか2人だった。

The rest of them were committed to various institutions.

残りの者たちは様々な施設に収容された。

All denied to have taken any part in the ritual murders.

全員が儀式殺人への関与を否定した。

They said the killing had been done by something else.
彼らは、殺人は別の何者かによって行われたと述べた。
"The black-winged ones," the each insisted, separately.
「黒い翼のやつだ」と、それぞれが別々に主張した。
They had come to them from their immemorial meeting-place.
彼らは、太古の昔から彼らが集っていた場所からやって来たのだ。
They had arisen out from the haunted woodlands.
彼らは、幽霊が出ると噂される森から現れたのだ。
But the stories of mysterious allies were inconsistent.
しかし、謎の協力者に関する話は矛盾していた。

***

What the police did extract came mainly from one man.
警察が押収した証拠品は、主に一人の男から得られたものだった。
An immensely aged mestizo named Castro.
カストロという名の、非常に高齢のメスティーソ。
He claimed to have sailed to strange ports.
彼は見知らぬ港に航海したと主張した。
And he said he had been to the mountains of China.
そして彼は、中国の山々に行ったことがあると言った。
There he talked with undying leaders of the cult.
そこで彼は、そのカルト教団の不死身の指導者たちと話をした。
Old Castro remembered bits of hideous legend.
老カストロは、恐ろしい伝説の断片を覚えていた。
His legends paled the speculations of theosophists.

彼の伝説は、神智学者の憶測をはるかに凌駕していた。
His stories made man seem like a recent creation.
彼の物語は、人間をまるで最近になって生まれた存在のように思わせた。
Even the world was transient in his account of things.
彼の語る物事の見方では、世界さえも儚いものだった。
There had been eons when other Things ruled on the earth.
かつては、地球を支配していた別の存在が幾億年も存在した。
And they had had great cities here on the earth.
そして彼らは、この地上に偉大な都市を築いていたのだ。
The deathless Chinamen told him reserved secrets.
不死身の中国人たちは、彼に秘められた秘密を明かした。
He had told him their ruins could still be found.
彼は、遺跡はまだ見つかるだろうと彼に告げていた。
There were still Cyclopean stones on islands in the Pacific.
太平洋の島々には、いまだに巨石が残っていた。
They all died vast epochs of time before man came.
彼らは皆、人類が現れるはるか昔の時代に滅びた。
But there were knowledges and practices in ancients arts.
しかし、古代の芸術には知識と実践が存在していた。
Special rituals which could revive them again, in time.
特別な儀式によって、いずれ彼らを再び蘇らせることができるかもしれない。
In the cycle of eternity their return was inevitable.
永遠の循環において、彼らの帰還は必然だった。
When the stars come round again to the right positions
星々が再び正しい位置に戻ったとき
They had, indeed themselves come from the stars.
彼らはまさに星からやってきたのだ。

"These great old ones," Castro continued.

「これらの偉大な古き者たちよ」とカストロは続けた。

They were not composed entirely of flesh and blood.

彼らは完全に肉と血でできていたわけではなかった。

They had shape," Castro insisted, confidently.

「それらは形を成していた」とカストロは自信満々に主張した。

And he had strange proof for what he believed.

そして彼は、自分の信じることを裏付ける奇妙な証拠を持っていた。

But the shape they took on was not made of matter.

しかし、彼らが取った形は物質でできていなかった。

When the stars were in their right positions.

星々が正しい位置に並んでいた時。

Then they could plunge from one world to another.

そうすれば、彼らはある世界から別の世界へと飛び込むことができるだろう。

Because they can move themselves through the sky.

なぜなら、彼らは自ら空を移動できるからだ。

But when the stars were wrong, they cannot live.

しかし、星の配置が間違っていた場合、彼らは生き延びることができない。

And it is true that they no longer live like we do.

そして、彼らがもはや私たちと同じような生活を送っていないのは事実だ。

But despite that, they never really die either.

しかし、そうは言っても、彼らは決して本当に死ぬことはない。

They rest in stone houses in their great city of R'lyeh.

彼らは、彼らの偉大な都市ルルイエにある石造りの家で休息
をとる。
They are preserved by the spells of mighty Cthulhu.
それらは強大なクトゥルフの呪文によって守られている。
So there they lie, unaffected by the passing of time.
こうして彼らは、時の流れに影響を受けることなく、そこに
横たわっている。
And they wait for another glorious resurrection.
そして彼らは、また別の輝かしい復活を待ち望んでいる。
When the stars and earth are ready for them again.
星々と地球が再び彼らを受け入れる準備ができた時。
But they are still dependent on an outside force.
しかし、彼らは依然として外部の力に依存している。
A force from outside served to liberate their bodies.
外部からの力が、彼らの肉体を解放する役割を果たした。
The spells preserved them and kept them intact.
呪文のおかげでそれらは保存され、無傷のまま保たれた。
But the spells also kept them from breaking free.
しかし、その呪文は彼らが自由になることを妨げるものでも
あった。
So they could only lie awake in the dark and think.
だから彼らは暗闇の中で眠れずに横になり、考えることしか
できなかった。

***

In the meantime uncounted millions of years rolled by.
その間に、数えきれないほどの何百万年もの歳月が流れた。
They knew all that was occurring in the universe.
彼らは宇宙で起こっているすべてのことを知っていた。

Because their mode of speech was transmitted thought.

なぜなら、彼らの言語伝達方法は思考伝達だったからだ。

Even now they were talking in their tombs.

彼らは今もなお、墓の中で語り合っている。

Then, after infinities of chaos, the first men came.

そして、無限の混沌の後、最初の人間が現れた。

The great old ones spoke to the sensitive among them.

偉大なる古き者たちは、彼らの中でも感受性の強い者たちに語りかけた。

They spoke to them by molding their dreams.

彼らは、人々の夢を形作ることで、彼らに語りかけた。

Only that way could their language reach the fleshly minds of mammals.

そうすることで初めて、彼らの言語は哺乳類の肉体的な精神に届くことができたのだ。

Then, whispered Castro, those first men formed the cult.

そして、カストロはささやいた。「最初の男たちがカルト教団を形成したのだ。」

They organized themselves around small idols.

彼らは小さな偶像を中心に組織を組んだ。

The small idols which the great ones had shown them.

偉大な人々が彼らに見せた小さな偶像たち。

Idols brought from dim eras from dark stars.

暗い星々から、薄暗い時代から連れてこられた偶像たち。

That cult would never die till the stars came right again.

そのカルト集団は、星の巡りが再び正常になるまで決して滅びないだろう。

The secret priests were going to take great Cthulhu from His tomb.

秘密の司祭たちは、偉大なるクトゥルフを墓から連れ出そう
としていた。
And they were going to revive His subjects.
そして彼らは、神の民を蘇らせようとしていた。
And then Cthulhu was going to resume His rule of earth.
そしてクトゥルフは再び地球の支配を再開しようとしていた
。
The right time was going to reveal itself quite clearly.
適切な時期は、いずれはっきりと明らかになるだろう。
At that time mankind will have become as the great old
ones.
その時、人類は偉大なる古代人のような存在になっているだ
ろう。
They will be free and wild and beyond good and evil.
彼らは自由で野性的であり、善悪を超越するだろう。
Laws and morals are going to be thrown aside.
法律や道徳は無視されるだろう。
All men will be shouting and killing and reveling in joy.
男たちは皆、叫び、殺し合い、歓喜に沸き立つだろう。
Then the liberated old ones will teach them the new ways.
そして、解放された老人たちが彼らに新しい生き方を教える
だろう。
New ways to shout and kill and revel and enjoy.
叫び、殺し、歓喜し、楽しむための新しい方法。
And all the earth will flame with a holocaust of ecstasy and
freedom.
そして、全世界は歓喜と自由のホロコーストで燃え上がるだ
ろう。
Meanwhile the cult had to practice the appropriate rites.

一方、そのカルト集団は適切な儀式を行わなければならなか
った。
They had to keep alive the memory of those ancient ways.
彼らは、そうした古来の慣習の記憶を後世に伝えなければな
らなかった。
And they had to shadow forth the prophecy of their return.
そして彼らは、自分たちの帰還という予言を予兆しとして示
さなければならなかった。
In the elder time chosen men spoke with the entombed Old
Ones.
遥か昔、選ばれた者たちは墓に葬られた古き者たちと語り合
った。
The entombed Old Ones spoke to them in their dreams.
埋葬された古き者たちは、彼らの夢の中で語りかけた。
But then something disturbed their means of
communication.
しかしその後、何らかの出来事が彼らの通信手段を妨害した
。
The great stone in the city R'lyeh had sunk beneath the
waves.
都市ルルイエにあった巨大な石は、波の下に沈んでしまった
。
And the monoliths and sepulchers were beneath the waters.
そして、巨石群と墓は水面下に沈んでいた。
Deep waters full of the one primal mystery.
深淵には、根源的な謎が満ち溢れている。
Waters through which not even thought can pass.
思考さえも通過できない水域。
Water that cut off their spectral communication.
水が彼らのスペクトル通信を遮断した。

But the memory of the rites and rituals never died.

しかし、儀式や祭礼の記憶は決して消えることはなかった。

And high priests said that the city would rise again.

そして大祭司たちは、その都市は再び興るだろうと言った。

When the stars were right Cthulhu was going to return.

星の巡り合わせが整えば、クトゥルフは復活するだろう。

The moldy black spirits of the earth will come out again.

大地に巣食う、カビ臭い黒い精霊たちが再び姿を現すだろう
。

Shadowy black spirits full of dim rumors.

薄暗い噂に満ちた、影のような黒い精霊たち。

***

The spirits collected in caverns beneath forgotten sea-bottoms.

忘れ去られた海底の洞窟に、精霊たちが集まっていた。

But of those spirits old Castro dared not speak much.

しかし、老カストロはそうした精霊たちについて多くを語ろうとはしなかった。

And he hurriedly cut himself off from the topic.

そして彼は慌ててその話題を切り上げた。

No amount of persuasion could elicit more in this direction.

これ以上説得しても、この方向への進展は得られないだろう
。

No subtlety could convince him to speak of those spirits.

どんなに巧妙な言い方をしても、彼はそれらの霊について語ろうとしなかった。

The size of the old ones, too, he curiously declined to mention.

彼が不思議なことに言及を避けたのは、古いものの大きさについてもだった。

And of the cult he spoke very little too.

そして、彼はそのカルト教団についてもほとんど語らなかった。

He thought the center lay amid the pathless deserts of Arabia.

彼は、中心地はアラビアの果てしない砂漠の中にあると考えていた。

There in Irem, the City of Pillars, dreams hidden and untouched.

柱の都イレムには、隠され、手つかずのままの夢が眠っている。

This cult was not allied to the European witch-cult.

このカルト集団は、ヨーロッパの魔女崇拝とは関係がなかった。

And the cult was virtually unknown beyond its members.

そして、そのカルト集団は信者以外にはほとんど知られていなかった。

No book had ever really hinted of their knowledge.

彼らの知識について、これまでどの本にも示唆するような記述はなかった。

Though the deathless Chinamen said the mad Arab Abdul Alhazred came close.

不死身の中国人たちは、狂人アラブ人アブドゥル・アルハズレッドがそれに近い存在だったと言った。

He said that there were double meanings in his Necronomicon.

彼は、自分のネクロノミコンには二重の意味が込められていると述べた。

The initiated were free to read it if they wanted to.

入会者は、望めば自由にそれを読むことができた。

And they should pay attention to one couplet in particular.

そして、彼らは特に一つの二行連句に注目すべきだ。

"That which is not dead can sleep for eternity,"

「死んでいないものは永遠に眠ることができる」

"And with strange eons even death may die."

「そして奇妙な時の流れの中で、死さえも死ぬかもしれない
。」

Legrasse had been deeply impressed by what he heard.

ルグラスは、聞いた話に深く感銘を受けた。

And he was not a little bewildered by the tale.

そして彼はその話に少なからず困惑した。

He inquired in vain about the historic affiliations of the cult.

彼はそのカルト教団の歴史的なつながりについて尋ねたが、
無駄に終わった。

Castro, apparently, had told the truth about the oath of secrecy.

カストロは、秘密保持の誓約について、どうやら真実を語っ
ていたようだ。

The authorities at Tulane University could not offer much help either.

チューレーン大学の当局も、あまり役に立たなかった。

The were not able to shed no light upon neither cult, nor the image.

彼らはカルト教団についても、その像についても、何ら解明
することができなかった。

And now the detective had come to the highest authorities in the country.

そして今、その刑事は国の最高権力者たちに接触してきた。

And he heard none other than Professor Webb' tale in Greenland.

そして彼は、他ならぬウェッブ教授の話をグリーンランドで耳にしたのだ。

***

Legrasse's tale aroused feverish interest at the meeting.

ルグラスの話は、会議で熱狂的な関心を呼び起こした。

The story was not only significant in its implications.

その物語は、その示唆するところにおいて重要なだけでなく、

But the story was also corroborated by the statuette.

しかし、その話は像によっても裏付けられていた。

The excitement echoed in the subsequent correspondence.

その興奮は、その後のやり取りにも反映されていた。

Those who attended stayed in close contact with each other.

参加者たちは互いに密接な連絡を取り合っていた。

Although scant mention occurs in the formal publications.

公式出版物ではほとんど言及されていないが。

Caution is the first care of those accustomed to charlatanry.

詐欺に慣れている者にとって、用心深さは第一の心得である。

Impostures are kept out as much as it is possible.

なりすましは可能な限り排除される。

Legrasse for some time lent the image to Professor Webb.

ルグラスはしばらくの間、その画像をウェブ教授に貸し出していた。

But at the latter's death the image was returned to him.

しかし、後者の死後、その像は彼のもとに返還された。

And the image remains in Legrasse's possession.

そしてその画像は現在もルグラスの所有物となっている。

This is where I viewed the terrible image not long ago.

ここは、私がつい先日、あの恐ろしい画像を目にした場所です。

The image is unmistakably akin to Wilcox' dream-sculpture.

その画像は、紛れもなくウィルコックスの夢の彫刻に似ている。

It was no wonder my uncle was so excited by his tale.

叔父が自分の話に興奮していたのも無理はなかった。

And I'm not surprised he made the efforts he made.

彼があれだけの努力をしたことに、私は驚きません。

He had heard everything Legrasse knew of the cult.

彼はルグラスがそのカルト教団について知っていることを全て聞いていた。

And the strange cultish dreams of a sensitive young man.

そして、感受性の強い青年が見る、奇妙でカルト的な夢。

The bas-relief just like the one from the swamp.

そのレリーフは、沼地で見つかったものと全く同じだ。

The addition of the devil tablet in Greenland.

グリーンランドにおける悪魔の石板の追加。

The exact same words used in three remote occurrences.

全く同じ言葉が、3つの全く異なる事例で使用されている。

The Eskimo diabolists, the mongrels in Louisiana, and then Wilcox.

エスキモーの悪魔崇拝者たち、ルイジアナの雑種ども、そしてウィルコックス。

What other conclusion could one possibly have come to?

他にどんな結論があり得ただろうか？

It's only natural Professor Angel pursued this conclusion.

アンジェル教授がこの結論を追求したのは当然のことだった。

And I wouldn't have expected him to be less thorough.

彼がそこまで徹底的でないとは予想していなかった。

My great-uncle was a man of principled academic rigor.

私の大叔父は、学問に対する厳格な信念を持った人物だった。

Though privately I also had other plausible theories.

しかし、個人的には他にももっともらしい説をいくつか持っていた。

I suspected young Wilcox of having heard of the cult.

私は若いウィルコックスがそのカルト教団のことを耳にしていたのではないかと疑った。

Maybe he had heard of the cult in some indirect way.

彼は何らかの間接的な方法でそのカルト集団のことを耳にしていたのかもしれない。

He could easily have invented a series of dreams.

彼は簡単に一連の夢を捏造できたはずだ。

That way he could heighten and continue the mystery.

そうすることで、彼は謎を深め、さらに深めることができるのだ。

The dream-narratives and cuttings collected did of course corroborate.

収集された夢の記録や切り抜きは、もちろんそれを裏付けていた。

But the rationalism of my mind had not yet been satisfied.

しかし、私の理性的な思考はまだ満たされていなかった。

Coincidences can form highly believable illusions too.

偶然の一致は、非常に信憑性の高い錯覚を生み出すこともある。

And we have to bear in mind the extravagance of the whole subject.

そして、この問題全体の途方もない規模を念頭に置いておく必要がある。

So I was led to adopt what I thought the most sensible conclusions.

こうして私は、最も妥当と思われる結論を採用するに至った。

I thoroughly studied the manuscript from the beginning.

私は原稿を最初から徹底的に研究しました。

And I correlated the theosophical and anthropological notes.

そして私は、神智学と人類学に関するメモを関連付けた。

I compared the literature with the cult narrative of Legrasse.

私は文献をルグラスのカルト的な物語と比較した。

I made a trip to Providence to see the sculptor.

私はその彫刻家を見るためにプロビデンスへ旅行した。

And I intended to give him the rebuke I thought proper.

そして私は、彼に自分が適切だと思う叱責を与えようと思った。

There must be consequences, I felt, for the trick he played.

彼が仕掛けた策略には、必ず何らかの報いがあるはずだと私は感じた。

He had boldly imposed himself upon a learned and aged man.

彼は、博識で年老いた男性に対して、大胆にも自分の立場を押し付けた。

***

Wilcox still lived alone where my uncle had met him.

ウィルコックスは、叔父が彼と出会った場所に今も一人で住
んでいた。
In the Fleur-de-Lys Building in Thomas Street.
トーマス通りのフルール・ド・リス・ビルディング内。
A hideous Victorian imitation of Seventeenth Century
Breton architecture.
17世紀ブルターニュ建築を模倣した、醜悪なヴィクトリア朝
時代の建築物。
The building flaunted its stuccoed front amidst its
surroundings.
その建物は、周囲の景観の中で漆喰塗りの正面を誇示してい
た。
There were lovely Colonial houses on the ancient hill.
その古い丘には、素敵な植民地時代の家々が建ち並んでいた
。
And the house stood under the shadow of the finest
Georgian steeple in America.
そしてその家は、アメリカで最も美しいジョージアン様式の
尖塔の影に建っていた。
I found him at work in his rooms, among his sculptures.
私は彼が自分の部屋で、彫刻作品に囲まれて制作に励んでい
るところを見つけた。
The specimens scattered came from a very unique mind.
散在する標本は、非常にユニークな発想から生まれたものだ
。
At once I conceded that his genius is indeed profound and
authentic.
私はすぐに、彼の才能が確かに奥深く本物であることを認め
た。

He has crystallized in clay that which Arthur Machen evokes in prose.

彼は、アーサー・マッケンが散文で表現するものを、粘土の中に結晶化させたのだ。

He mirrored in marble the nightmares Clark Ashton Smith put to canvas.

彼は、クラーク・アシュトン・スミスがキャンバスに描いた悪夢を、大理石で映し出した。

He will, I believe, be spoken of one day as one of the great decadents.

彼はいつの日か、偉大な退廃主義者の一人として語り継がれるだろうと私は信じている。

He was dark, frail, and somewhat unkempt in aspect.

彼は肌が黒く、虚弱で、やや身なりがだらしなかった。

He turned languidly at my knock on his door.

私がドアをノックすると、彼は気だるそうに振り向いた。

He didn't rise from his seat when I came in.

私が部屋に入ってきても、彼は席から立ち上がらなかった。

And he asked me what the purpose of my visit was.

そして彼は私に、今回の訪問の目的は何かと尋ねた。

When I told him who I was his interest was piqued.

私が自分の身元を告げると、彼は興味を示した。

My uncle had excited his curiosity by probing his strange dreams.

叔父は彼の奇妙な夢を探ることで、彼の好奇心を刺激した。

Although he had never explained the reason for the study.

彼はその研究の理由を一度も説明したことがなかった。

I did not enlarge his knowledge in this regard.

私はこの点に関して彼の知識を深めることはなかった。

But I sought with some subtlety to gain his confidence.

しかし私は、巧妙な手口で彼の信頼を得ようと努めた。

In a short time I became convinced of his absolute sincerity.

すぐに私は彼の絶対的な誠実さを確信するようになった。

He spoke of the dreams in a manner none could mistake.

彼は、誰も誤解できないような言い方で夢について語った。

His dreams' subconscious residuum had influenced his art profoundly.

彼の夢の潜在意識の残滓は、彼の芸術に深く影響を与えていた。

He showed me a morbid statue of the likes I had never seen before.

彼は私に、これまで見たこともないような、不気味な彫像を見せてくれた。

The statue's contours almost made me shake with fear.

その像の輪郭を見て、私は恐怖で震えそうになった。

The potency of the statue's black suggestion was overbearing.

その彫像が持つ黒い暗示の力強さは、圧倒的だった。

He could not recall having seen the original of this thing.

彼は、この物のオリジナルを見た記憶がなかった。

But the statue was inspired by his own dream bas-relief.

しかし、その彫像は彼自身の夢の中のレリーフに着想を得たものだった。

The outlines had formed themselves insensibly under his hands.

彼の手の下で、輪郭はいつの間にか形作られていた。

It was, no doubt, the giant shape he had raved of in delirium.

それは間違いなく、彼が錯乱状態で叫んでいた巨大な物体だった。

That he really knew nothing of the hidden cult he soon made clear.

彼はその秘密結社について何も知らなかったことを、すぐに明らかにした。

Only my uncle's relentless catechism had given him some clues,

叔父の執拗な質問だけが彼にいくつかの手がかりを与えていた。

And again I strove to explain the obvious conclusions away.

そしてまたもや、私は明白な結論を否定しようと努めた。

How he could possibly have received the weird impressions?

彼は一体どうやってそんな奇妙な印象を受けたのだろうか？

He talked of his dreams in a strangely poetic fashion.

彼は不思議なほど詩的な口調で自分の夢について語った。

He made me see with terrible vividness the vistas of his dream.

彼は私に、彼の夢の光景を恐ろしいほど鮮明に見せた。

The damp Cyclopean city of slimy green stone.

ぬるぬるとした緑色の石でできた、湿った巨石都市。

The geometry he oddly said, was all wrong.

彼は奇妙なことに、その幾何学は全く間違っていると言った。

And he spoke of what he heard with frightened expectancy.

そして彼は、恐怖と期待が入り混じった口調で、自分が聞いたことを語った。

The ceaseless, half-mental calling from underground:

地下から絶え間なく響く、半ば狂気じみた呼び声：

"Cthulhu fhtagn... Cthulhu fhtagn"

「クトゥルフ・フタグン…クトゥルフ・フタグン」

These words had formed part of that dreaded ritual.

これらの言葉は、あの恐ろしい儀式の一部だった。

The ritual the told of dead Cthulhu's dream-vigil.

死せるクトゥルフの夢の見張りの儀式について語られた。

The ritual that told of his stone vault at R'lyeh.

ルルイエにある彼の石の墓所について語る儀式。

And I felt deeply moved, despite my rational beliefs.

そして、私は理性的な信念とは裏腹に、深く感動した。

Wilcox, I was sure, had heard of the cult in some casual way.

ウィルコックスは、何らかの形でそのカルト集団のことを耳にしたことがあるに違いない、と私は確信していた。

He spent his time in a mass of equally weird literature.

彼は、同じように奇妙な文学作品の山に没頭して時間を過ごした。

He must have forgotten the source of his knowledge.

彼は自分の知識の源を忘れてしまったに違いない。

Later the cult had found subconscious expression in his dreams.

その後、そのカルトは彼の夢の中で潜在意識的な表現を見出した。

But this is natural when stories are so impressive.

しかし、物語がこれほど感動的な場合、これは当然のことだ。

Finally the cult's ideas manifested themselves in the bas-relief.

最終的に、そのカルト教団の思想はレリーフという形で具現化された。

And now the subject of the cult manifested itself in the terrible statue.

そして今、そのカルトの対象が、恐ろしい像という形で具現化した。

I was convinced his imposture upon my uncle had been very innocent.

私は、彼が叔父を騙したことは全く悪意のないものだったと
確信していた。

He both slightly affected, and slightly ill-mannered.
彼は少し気取っていて、少し行儀が悪かった。

He had a disposition which I could never like.
彼は私が決して好きになれない性格の持ち主だった。

But I was willing enough now to admit his genius.
しかし、私は今なら彼の才能を認めるだけの覚悟ができてい
た。

And I have no way of denying his honesty either.
そして、彼の正直さを否定する術も私にはない。

Despite my initial feelings, I took leave of him amicably.
当初の気持ちとは裏腹に、私は彼と円満に別れた。

And I wish him all the success his talent promises.
彼の才能が約束するあらゆる成功を心から願っています。

***

The matter of the cult continued to fascinate me.
カルト教団の件は、私を魅了し続けた。

At times I had visions of the personal fame I could attain.
時折、自分が手に入れられるであろう個人的な名声について
、漠然としたイメージを抱くことがあった。

I visited New Orleans and talked with Legrasse.
私はニューオーリンズを訪れ、ルグラス氏と話をした。

And I spoke with other policemen of that swamp raid.
そして私は、その沼地襲撃作戦に参加した他の警官たちとも
話をした。

I saw the frightful image with my own eyes.
私はその恐ろしい光景を自分の目で見た。

And I even questioned some of the surviving mongrel prisoners.

そして私は、生き残った雑種犬の囚人たちにも何人か尋問した。

Old Castro, unfortunately, had been dead for some years.

残念ながら、老カストロは数年前に亡くなっていた。

What I now heard so graphically at first hand excited me afresh.

今、私が直接耳にした生々しい話は、私を改めて興奮させた。

Though it was really no more than a detailed confirmation.

とはいえ、それは単なる詳細な確認に過ぎなかった。

What they told me I had already read in my uncle's notes.

彼らが私に話したことは、すでに叔父のメモで読んでいたことだった。

I felt sure that I was on the track of a very real secret.

私は、非常に重要な秘密の手がかりをつかんでいると確信していた。

And I was sure I was going to discover a very ancient religion.

そして私は、非常に古い宗教を発見するに違いないと確信していた。

The discovery would make me an anthropologist of note.

その発見によって、私は著名な人類学者となるだろう。

My attitude was still one of absolute rational materialism.

私の態度は依然として、絶対的な合理的唯物論に基づいていた。

And I wish my attitude to the subject matter had not changed.

そして、この問題に対する私の考え方が変わってしまわなければよかったのにと思う。

I discounted with almost inexplicable perversity the coincidences.

私は、ほとんど説明のつかないほどのひねくれた気持ちで、その偶然の一致を無視した。

The dream notes and odd cuttings collected by Professor Angell.

アンジェル教授が収集した夢のメモや奇妙な切り抜き。

One thing I began to doubt was the cause of my uncle's death.

私が疑問に思い始めたことの一つは、叔父の死因だった。

I began to suspect his death was far from natural.

彼の死は自然死とは程遠いのではないかと疑い始めた。

And I now fear I know my uncle's death was not natural.

そして今、叔父の死は自然死ではなかったのではないかと、私は恐れている。

It was on a narrow hill street where he fell.

彼が転落したのは、狭い坂道だった。

The street lead up from the ancient waterfront.

その通りは、古代のウォーターフロントから上へと続いていた。

The port-town swarms with foreign mongrels.

その港町は外国の雑種犬で溢れかえっている。

He fell after a careless push from a negro sailor.

彼は黒人水兵の不注意な突き飛ばしを受けて転倒した。

I had not forgotten the mixed blood of the cult-members in Louisiana.

私はルイジアナのカルト信者たちの混血のことを決して忘れていなかった。

I had not forgotten the sailors in the voodoo orgy.

私はブードゥー教の乱交パーティーにいた船員たちのことを
忘れていなかった。
And would not be surprised to learn that they had other
knowledge too.
そして、彼らが他にも知識を持っていたとしても驚かないだ
ろう。
Secret methods as anciently known as the cryptic rites.
古代から秘儀として知られていた秘密の方法。
Poison needles as ruthless their demonic beliefs.
毒針は、彼らの悪魔的な信仰と同じくらい容赦がない。
Legrasse and his men, it is true, have been let alone.
確かに、ルグラスとその部下たちは放っておかれた。
But in Norway a certain seaman who saw things is dead.
しかしノルウェーでは、ある船乗りが目撃したとされる出来
事があり、その船乗りは既に亡くなっている。
Might not sinister ears have picked up my uncle's interest in
the sculptor?
もしかしたら、邪悪な耳が叔父の彫刻家への興味を察知した
のかもしれない。
Might not the deeper inquiries of my uncle have drawn
someone's attention?
叔父のより深い探求が、誰かの注意を引いた可能性はないだ
ろうか？
I think Professor Angell died because he knew too much.
アンジェル教授は、知りすぎていたために亡くなったのだと
思う。
Or he died because he was likely to learn too much.
あるいは、彼は知りすぎたために死んだのかもしれない。
Whether I shall go out as he did remains to be seen.
私が彼のように退場するかどうかは、まだ分からない。

Because I too have learned much about Cthulhu.

私もクトゥルフについて多くのことを学んだからです。

The Madness from the Sea
海からの狂気

There is one great boon heaven could grant me.

天が私に与えてくれるであろう、たった一つの大きな恩恵がある。

The total effacing of the results of a mere chance.

単なる偶然の結果が完全に消し去られること。

I wish I had never seen that stray piece of paper.

あの紙切れを目にしなければよかった。

My daily routine would normally not have taken me there.

普段の私のルーティンでは、そこへ行くことはなかっただろう。

On any other day I would not have noticed anything.

普段なら何も気づかなかっただろう。

It was an old number of an Australian journal.

それはオーストラリアの雑誌の古い号だった。

The Sydney Bulletin for April 18, 1925

1925年4月18日付シドニー・ブレティン紙

The paper had even slipped past the cutting bureau.

その論文は、編集局の目をすり抜けて掲載されていたのだ。

I had largely given over my inquiries to a friend.

私は調査の大部分を友人に任せていた。

He had taken on the work of most of the research.

彼は研究の大部分を引き受けていた。

He had come to refer to the group as the "Cthulhu Cult".

彼はその集団を「クトゥルフ教団」と呼ぶようになっていた。

I was visiting my learned friend of Paterson, New Jersey.

私はニュージャージー州パターソンに住む、博識な友人を訪ねていました。

The curator of a local museum, and a mineralogist of note.

地元の博物館の学芸員であり、著名な鉱物学者でもある。

While at his museum I had access to the reserved specimens.

彼の博物館を訪れた際、私は保管されていた標本を閲覧することができた。

And this is when an odd picture caught my attention.

そしてその時、奇妙な写真が私の目に留まった。

Beneath one of the stones was the Sydney Bulletin I mentioned.

石の一つの下に、私が先に述べたシドニー・ブレティン紙があった。

My friend has wide affiliations in all conceivable foreign lands.

私の友人は、考えられる限りのあらゆる外国に幅広い人脈を持っている。

The picture was a half-tone cut of a hideous stone image.

その絵は、醜悪な石像をハーフトーンで切り抜いたものだった。

Almost identical with the stone Legrasse had found in the swamp.

ルグラスが沼地で見つけた石とほぼ同じものだった。

Eagerly I read the article for its precious contents.

私はその貴重な内容に惹かれ、熱心に記事を読んだ。

But I was disappointed to find that it was just a short article.

しかし、それが短い記事だったことにがっかりした。

Although brief, the information was of portentous significance.

その情報は簡潔ではあったが、非常に重要な意味を持っていた。

***

"MYSTERY DERELICT FOUND AT SEA"
「海上で謎の難破船が発見される」

Vigilant Arrives With Helpless Armed New Zealand Yacht in Tow.

警戒態勢の艦が、無力な武装ニュージーランドヨットを曳航して到着。

One Survivor and one Dead Man Found Aboard.

船内で生存者1名と遺体1名が発見された。

Tale of Desperate Battle and Deaths at Sea.

海上で繰り広げられた絶望的な戦いと死の物語。

Rescued Seaman Refuses Particulars of Strange Experience.

救助された船員は、奇妙な体験の詳細を語ることを拒否した。

Odd Idol Found in His Possession, Inquiry to Follow.

所持品の中から奇妙な偶像が発見された。捜査が開始される予定。

The Alert of Dunedin yacht, N.Z., had been disabled in battle.

ニュージーランドのダニーデン所属のヨット「アラート」は、戦闘で航行不能となった。

Previously the ship had left from Valparaiso on March 25th.

以前、この船は3月25日にバルパライソを出港していた。

On April 2nd the ship was driven considerably south of her course.

4月2日、船は航路から大きく南に流された。

Exceptionally heavy storms had redirected the ship.

異常なほど激しい嵐によって、船は進路を変えざるを得なかった。

Monster waves forced the ship to take a different route.

巨大な波のため、船は別の航路を取らざるを得なかった。

On April 12th the ship was sighted by another ship.

4月12日、その船は別の船によって目撃された。

Latitude 34° 21', Longitude 152° 17'

北緯34度21分、東経152度17分

Initially they thought the ship had been deserted.

当初、彼らは船が無人になっていると考えていた。

But one still living man had been found on board.

しかし、船内では生存している男性が一人発見された。

This lone survivor was in a half-delirious condition.

この唯一の生存者は、半錯乱状態だった。

The only other victim found was a man already dead a week.

他に発見された犠牲者は、すでに1週間前に死亡していた男性のみだった。

Now the heavily armed steam yacht was being towed.

重武装した蒸気ヨットは今、曳航されていた。

And this morning the ship was coming in to its wharf.

そして今朝、その船は埠頭に入港しようとしていた。

The living man was clutching a horrible stone idol.

生きていた男は、恐ろしい石像を握りしめていた。

The stone idol was about a foot in height.

その石像は高さ約30センチだった。

And the origins of the stone were completely unknown.

そして、その石の起源は全く不明だった。

Authorities at Sydney university were baffled.

シドニー大学の関係者は困惑していた。

The Royal Society couldn't offer information about the idol.

王立協会はその偶像に関する情報を提供できなかった。

And the Museum in College street had no insights either.

カレッジストリートにある博物館も、何の洞察も示さなかった。

The survivor says he found the stone in the cabin of the yacht.

生存者は、その石をヨットの船室で見つけたと述べている。

Allegedly the idol was in a small carved shrine.

伝えられるところによると、その偶像は小さな彫刻が施された祠の中に安置されていたという。

And the carvings of the shrine were of common pattern.

そして、その神社の彫刻はどれも同じような様式だった。

This man eventually recovered back to his senses.

この男性は最終的に意識を取り戻した。

And he told an exceedingly strange story of piracy and slaughter.

そして彼は、海賊行為と虐殺に関する極めて奇妙な話を語った。

He is Gustaf Johansen, a Norwegian of some intelligence.

彼はグスタフ・ヨハンセンという、かなりの知性を持つノルウェー人だ。

And he had been second mate of the two-masted schooner Emma of Auckland.

そして彼は、2本マストのスクーナー船「エマ・オブ・オークランド」の二等航海士だった。

The ship sailed for Callao February 20th, manned by eleven sailors.

その船は11人の船員を乗せて、2月20日にカヤオに向けて出航
した。

The ship, he says, was delayed and thrown widely south of
her course.

彼によると、船は遅延し、航路から大きく南に逸れたという
。

There was a great storm on March 1st, and on March 22nd.

3月1日と3月22日に大嵐がありました。

On their journey they encountered another ship.

彼らは航海の途中で別の船に遭遇した。

This was in S. Latitude 49° 51′, W. Longitude 128° 34′

これは南緯49度51分、西経128度34分の地点です。

This ship was manned by a queer and evil-looking crew.

この船には、奇妙で悪そうな顔をした乗組員たちが乗ってい
た。

All the men were of Kanakas and half-castes.

男たちは全員カナカ族か混血だった。

Being ordered peremptorily to turn back, Capt. Collins
refused.

引き返すよう一方的に命令されたコリンズ大尉は、それを拒
否した。

Without warning the strange crew began to shoot savagely
upon the schooner.

何の予告もなく、見知らぬ乗組員たちはスクーナー船に向か

って容赦なく発砲し始めた。

They shot a peculiarly heavy battery of brass cannon.

彼らは異常に重い真鍮製の大砲を多数発射した。

The men from his ship showed fighting spirit, says the
survivor.

生存者によると、彼の乗っていた船の乗組員たちは闘志を見せたという。

The schooner began to sink from shots beneath the waterline.

スクーナー船は喫水線下からの銃撃により沈没し始めた。

But they managed to heave alongside their enemy boat, and board her.

しかし彼らはなんとか敵のボートに横付けし、乗り込むことに成功した。

They grappled with the savage crew on the yacht's deck.

彼らはヨットの甲板で、凶暴な乗組員たちと格闘した。

Their mode of fighting seemed to be strangely clumsy.

彼らの戦闘方法は、奇妙なほど不器用に見えた。

But defeat did not seem to be an option for these savage men.

しかし、これらの野蛮な男たちにとって、敗北は選択肢になかったようだ。

They had a particularly abhorrent and desperate way of fighting.

彼らの戦い方は、特に忌まわしく、絶望的だった。

So they had no choice but to kill all men of the enemy ship.

そのため、彼らには敵艦の乗組員全員を殺害する以外に選択肢はなかった。

Three of their men were also killed in the fight.

彼らの部下３人も戦闘で死亡した。

Capt. Collins and First Mate Green were among the dead.

コリンズ船長とグリーン一等航海士も死亡者の中に入っていた。

Second Mate Johansen took over control from First Mate Green.

二等航海士のヨハンセンが、一等航海士のグリーンから指揮
を引き継いだ。
And the remaining eight men proceeded to navigate the
captured yacht.
そして残りの8人は、拿捕したヨットの操縦に取りかかった。
They proceeded to continue in the original direction they
were going.
彼らは当初の進路をそのまま進み続けた。
To see if there had been any reason they were ordered to
turn around.
彼らが引き返すよう命じられた理由があったかどうかを確認
するため。

***

The next day, it appears, they landed on a small island.
翌日、彼らは小さな島に上陸したようだ。
Although no island is known to exist in that part of the
ocean.
その海域には島が存在するという記録はない。
Six of the men somehow died ashore while on the island.
男性のうち6人は、島に上陸中に何らかの理由で死亡した。
Though Johansen is queerly reticent about this part of his
story.
ヨハンセンはこの部分については妙に口数が少ない。
And he speaks only of their falling into a rock chasm.
そして彼は、彼らが岩の裂け目に落ちたことだけを語ってい
る。
Later, it seems, he and one companion boarded the yacht.
その後、彼と同行者1人がヨットに乗り込んだようだ。
Together they tried to sail the ship, undermanned.

彼らは人手不足の中、力を合わせて船を操縦しようと試みた
。

But they were beaten about by the storm of April 2nd.
しかし、彼らは4月2日の嵐に襲われた。
From that time till his rescue on the 12th, the man remembers little.
その時から12日に救出されるまでの間、男はほとんど記憶がない。
And he does not even recall when William Briden, his companion, died.
そして彼は、同伴者だったウィリアム・ブリデンがいつ亡くなったのかさえ覚えていない。
Autopsy could reveal no obvious cause to Briden's death.
検死の結果、ブリデンの死因は明らかにならなかった。
The most likely cause of death is exposure to the elements.
最も可能性の高い死因は、風雨にさらされたことである。
The Dunedin reported that their boat, the Alert, was well known.
ダニーデンの報道によると、彼らの船「アラート号」はよく知られた船だったという。
The island traders bore an evil reputation along the waterfront.
島の商人たちは、港湾地区で悪名高い評判を得ていた。
The ship was owned by a curious group of half-castes.
その船は、奇妙な混血の集団が所有していた。
Frequent meetings and night trips to the woods attracted curiosity.
頻繁な会合や夜間の森への外出は、人々の好奇心を掻き立てた。
The ship had set sail in great haste on March 1st.
その船は3月1日に大急ぎで出航した。

Just after the storm, and the earth tremors that night.

嵐の直後、そしてその夜の地震の直後だった。

Our Auckland correspondent gives the Emma excellent reputation.

オークランド特派員は、エマホテルの評判を非常に高く評価している。

The Crew from the Emma were held very in high regard.

エマ号の乗組員たちは非常に高く評価されていた。

And Johansen is described as a sober and worthy man.

そしてヨハンセンは、冷静で立派な人物だと評されている。

The admiralty will institute an inquiry on the whole matter.

海軍本部はこの件全体について調査を開始する予定だ。

Starting tomorrow they will collect all relevant information.

明日から、彼らは関連するすべての情報を収集する予定です。

Every effort will be made to induce Johansen to speak.

ヨハンセン氏に発言してもらうために、あらゆる努力が払われるだろう。

This and the hellish image were all the information I had to go on.

この情報とあの恐ろしい画像が、私が頼りにできた全てだった。

But what a train of ideas that little information started in my mind!

しかし、そのわずかな情報がきっかけとなって、私の頭の中には実に多くのアイデアが湧き上がってきたのだ！

Here were new treasuries of data on the Cthulhu Cult.

ここに、クトゥルフ教団に関する新たなデータの宝庫があった。

The cult not only had interests on land.

そのカルト集団は土地だけに関心を持っていたわけではなかった。

Now there was evidence they also had connections to the sea.

彼らが海とも繋がりを持っていたという証拠が今や明らかになった。

What motive prompted the hybrid crew to order back the Emma?

ハイブリッドクルーがエマ号の返還を命じた動機は何だったのか？

Why did they sail about with their hideous idol?

なぜ彼らはあの醜悪な偶像を携えて航海したのか？

What was the unknown island on which six of the Emma's crew had died?

エマ号の乗組員6人が死亡した、正体不明の島とは一体何だったのか？

And why was Johansen so secretive about their death?

なぜヨハンセンは彼らの死についてあれほど秘密主義だったのか？

What had the vice-admiralty's investigation brought out?

海軍副長官の調査で何が明らかになったのか？

And what was known of the noxious cult in Dunedin?

では、ダニーデンにあったあの悪名高いカルト集団について、どのようなことが知られていたのだろうか？

Nor could one help but marvel at the timing of the events.

出来事のタイミングの悪さにも、誰もが驚嘆せざるを得なかった。

There was a deep and more than natural linkage between the dates.

その二つの日付の間には、単なる自然現象以上の深い繋がり
があった。
A malign and now undeniable significance to the various
turns of events.
一連の出来事には、悪意に満ちた、そして今や否定しようの
ない意味合いが込められている。

***

My uncle had noted with great care the connecting events.
叔父は、関連する出来事を非常に注意深く記録していた。
On March 1st the earthquake and storm had come.
3月1日、地震と嵐が襲来した。
February 28th, according to the International Date Line.
国際日付変更線によると、2月28日。
From Dunedin the noisome crew of the Alert darted eagerly
forth.
ダニーデンから、騒々しいアラート号の乗組員たちは意気揚
々と出発した。
They moved as if they had been imperiously summoned.
彼らはまるで威圧的に召喚されたかのように動いた。
On the other side of the earth the other events unfolded.
地球の反対側では、別の出来事が展開していた。
Poets and artists had begun to have their strange dreams.
詩人や芸術家たちは、奇妙な夢を見始めた。
Dreams of a dank Cyclopean city from times long gone.
遠い昔の、じめじめとした巨石都市の夢。
A young sculptor was persuaded by these dreams too.
若い彫刻家もまた、こうした夢に心を動かされた。
In his sleep he molded the form of the dreaded Cthulhu.

彼は眠っている間に、恐るべきクトゥルフの姿を形作った。
On March 23rd the crew of the Emma landed on an unknown island.
3月23日、エマ号の乗組員は未知の島に上陸した。
There on that island they left six men dead.
その島には、6人の死体が残されていた。
On that date the dreams of sensitive men assumed a heightened vividness.
その日、感受性の強い男性たちの夢は、より鮮明なものとなった。
Their dreams darkened with dread of a giant monster's malign pursuit.
彼らの夢は、巨大な怪物の邪悪な追跡への恐怖で暗くなった。
One architect went mad from his dreams that night.
その夜、ある建築家は悪夢のせいで気が狂ってしまった。
And a sculptor had lapsed suddenly into delirium!
そして、彫刻家が突然錯乱状態に陥ったのだ！
And then there was the storm of April 2nd.
そして、4月2日の嵐があった。
The date on which all dreams of the dank city ceased.
じめじめとした街へのあらゆる夢が消え去った日。
Wilcox emerged unharmed from the bondage of strange fever.
ウィルコックスは奇妙な熱病の苦しみから無傷で解放された。
And everything appeared to be normal again.
そして、すべてが再び正常に戻ったように見えた。
But what about the hints old Castro had suggested?
しかし、老カストロが示唆していたヒントについてはどうだろうか？

What about the sunken, star-born old ones?

沈んだ、星から生まれた古き者たちはどうだろうか？

What about their promised return and coming reign?

彼らが約束した帰還と、来るべき統治はどうなるのでしょうか？

What about their faithful cult and their mastery of dreams?

彼らの熱狂的な信者集団や、夢を操る能力についてはどうだろうか？

Was I tottering on the brink of cosmic horrors?

私は宇宙的恐怖の瀬戸際に立たされていたのだろうか？

Cosmic horrors far beyond man's power to bear?

人間の力では到底耐えられない宇宙的恐怖？

If so, they must be horrors of the mind alone.

もしそうだとすれば、それらは単なる精神的な恐怖に過ぎないに違いない。

On the second of April there was sudden coordinated calm.

4月2日、突如として組織的な静けさが訪れた。

The monstrous menace that sieged mankind's soul had vanished.

人類の魂を脅かしていた恐ろしい脅威は消え去った。

That evening I made all necessary arrangements for onwards travel.

その晩、私は次の目的地への移動に必要な手配をすべて済ませた。

I bade my host adieu and took a train for San Francisco.

私はホストに別れを告げ、サンフランシスコ行きの列車に乗った。

***

In less than a month I was at the port of Dunedin.

1か月も経たないうちに、私はダニーデン港に到着した。

Here, however, my investigation stumbled slightly.

しかし、ここで私の調査はややつまずいた。

I inquired in the old sea taverns where the men had lingered.

私は男たちが長居していた古い海辺の酒場で尋ねてみた。

But little was known of the strange cult members.

しかし、その奇妙なカルト集団のメンバーについてはほとんど知られていなかった。

Waterfront scum was far too common for special mention.

港湾地区の悪党どもはあまりにもありふれた存在で、わざわざ言及する価値もなかった。

But there was vague talk about one inland trip these mongrels had made.

しかし、これらの雑種犬が一度内陸部へ旅をしたという漠然とした話があった。

Faint drumming and red flames were noted on the distant hills.

遠くの丘陵地帯で、かすかな太鼓の音と赤い炎が観測された。

In Auckland I learned only a little more of Johansen.

オークランドでは、ヨハンセンについてもう少し詳しく知ることができた。

He had been taken to Sydney for the investigation.

彼は捜査のためシドニーへ連行された。

A perfunctory and inconclusive questioning turned his hair white.

形式的で結論の出ない尋問によって、彼の髪は白くなった。

Thereafter he sold his cottage in West Street.

その後、彼はウェストストリートにあった自分のコテージを売却した。

And he sailed with his wife to his old home in Oslo.

そして彼は妻と共に、故郷であるオスロへと船で向かった。

His experience had clearly stirred him deeply.

彼の経験は明らかに彼を深く揺り動かした。

But he told his friends no more than he had told the admiralty officials.

しかし彼は、海軍当局者に話した以上のことを友人たちには話さなかった。

And all they could do was to give me his Oslo address.

彼らにできたのは、彼のオスロの住所を教えることだけだった。

After that I went to Sydney and talked profitlessly with seamen.

その後、私はシドニーへ行き、船員たちと何の成果もない会話を交わした。

Members of the vice-admiralty court could not enlighten me either.

海事裁判所の判事たちも、私に何も教えてくれなかった。

I tracked the Alert down to Circular Quay in Sydney Cove.

私は警報の発信源をシドニー湾のサーキュラー・キーまで突き止めた。

The ship had been sold and was again in commercial use.

その船は売却され、再び商業利用されていた。

But I could gain no further clues from the ship's cargo.

しかし、船の積荷からはそれ以上の手がかりは得られなかった。

The image was preserved in the Museum at Hyde Park.

その画像はハイドパーク博物館に保存されている。

The cuttlefish head, dragon body, and scaly wings.

イカの頭、龍の体、そして鱗に覆われた翼。

The monster crouching atop the hieroglyphed pedestal.

象形文字が刻まれた台座の上にうずくまる怪物。

I studied every detail of the idol long and well.

私はその偶像のあらゆる細部を、長期間にわたって入念に研究した。

The relic was a thing of balefully exquisite workmanship.

その遺物は、不気味なほど精巧な作りだった。

I couldn't help but notice the similarity to Legrasse's smaller specimen.

私は、ルグラスのより小さな標本との類似性に気づかずにはいられなかった。

Both idols had the same utter mystery and terrible antiquity.

どちらの偶像も、全くの謎に包まれており、恐ろしいほどの古さを漂わせていた。

And both idols had the same unearthly strangeness of material.

そして、どちらの偶像も、この世のものとは思えないような奇妙な素材感を持っていた。

Geologists, the curator told me, had found it a monstrous puzzle.

学芸員によると、地質学者たちはそれを途方もない謎だと感じていたそうだ。

They insisted that the world held no rock like this one.

彼らは、世界にはこのような岩は他にない、と断言した。

Then I thought with a shudder of what old Castro had told Legrasse.

その時、私はカストロ老人がルグラスに言ったことを思い出して、ぞっとした。

The tale of the primal great ones, sunken under the sea.

海底に沈んだ、太古の偉大なる者たちの物語。
"They had come from the stars."
「彼らは星からやってきたのだ。」
"They had brought their images with them."
「彼らは自分たちの写真を持参していた。」
I was shaken with a mental revolution as I had never before known.
私はそれまで経験したことのないような精神的な革命に揺さぶられた。
I was now completely resolved to visit Mate Johansen in Oslo.
私はオスロにいるマテ・ヨハンセンを訪ねることを固く決意した。
Sailing for London, I re-embarked at once for the Norwegian capital.
ロンドンへ向かう船に乗り込んだ後、私はすぐにノルウェーの首都へ向けて再び乗船した。
And one autumn day I landed at the wharves.
そしてある秋の日、私は波止場に降り立った。

***

Johansen's hometown was in the shadow of the Egeberg.
ヨハンセンの故郷は、エーゲベルク山の麓にあった。
I discovered he lived in the Old Town of King Harold Haardrada.
私は彼がハロルド・ハードラダ王の旧市街に住んでいたことを知った。
For centuries the greater city had masqueraded as "Christiania".

何世紀にもわたり、この大都市は「クリスチャニア」という
偽名を使っていた。

King Harald Hardrada kept alive the name of Oslo.

ハーラル・ハルドラダ王はオスロの名を後世に伝えた。

I made the brief trip to his residences by taxicab.

私はタクシーで彼の住居まで短い道のりを移動した。

A neat and ancient building with plastered front.

漆喰塗りの正面を持つ、整然とした古風な建物。

And I knocked with palpitant heart at the door.

そして私は、ドキドキする心臓を抱えながらドアをノックし
た。

A sad-faced woman in black answered my summons.

悲しそうな顔をした黒衣の女性が私の呼び出しに応じた。

I was stung with disappointment at the sight.

その光景を見て、私は深い失望感を覚えた。

She told me in halting English that Gustaf Johansen was no
more.

彼女はたどたどしい英語で、グスタフ・ヨハンセンはもう亡
くなっていると私に告げた。

He had not long survived his return, said his wife.

妻によると、彼は帰国後まもなく亡くなったという。

The doings at sea in 1925 had broken him.

1925年の海上での出来事が彼を打ちのめした。

He had told her no more than he had told the public.

彼は彼女に、世間に話した以上のことは何も話していなかっ
た。

But he had left a long manuscript of "technical matters".

しかし彼は「技術的な事柄」に関する長大な原稿を残してい
た。

These notes of the voyage had been written in English.

この航海の記録は英語で書かれていた。

Evidently in order to safeguard her from the peril of casual perusal.

明らかに、彼女が何気なく目を通すことによる危険から彼女を守るためだろう。

He had gone for a walk through a narrow lane near the Gothenburg dock.

彼はヨーテボリの港近くの狭い路地を散歩していた。

A bundle of papers falling from an attic window had knocked him down.

屋根裏部屋の窓から落ちてきた書類の束が彼に直撃した。

Two Lascar sailors at once helped him to his feet.

二人のラスカー水兵がすぐに彼を立ち上がらせた。

But before the ambulance could reach him he was dead.

しかし、救急車が到着する前に彼は息を引き取った。

The physicians found no adequate cause for his death.

医師たちは彼の死因を特定できなかった。

They mostly attributed his death to heart trouble.

彼の死因は主に心臓疾患によるものだとされた。

But they added his weakened constitution most likely contributed.

しかし、彼らは彼の体質の弱さが原因の一つになった可能性が高いと付け加えた。

I now felt a deep gnawing at my vitals.

今、私は自分の生命の根源を深く蝕むような感覚を覚えた。

A dark terror which will never leave me till I, too, am at rest.

私が安息を得るまで、決して私から離れることのない、暗い恐怖。

Whether my death will come "accidentally" or not I can't tell.

私の死が「事故」によるものなのか、そうでないのかは、私には分からない。

I spoke to the widow about her husband's work.

私は未亡人に、彼女の夫の仕事について話を聞きました。

And I persuaded her I had a "technical" connection to him.

そして私は、彼と「技術的な」つながりがあると彼女を説得した。

So she felt I was sufficiently entitled to the manuscript.

だから彼女は、私がその原稿を受け取るに足る十分な権利を持っていると感じたのだ。

And so I attained the dead man's writing.

こうして私は、死者の著作を手に入れた。

I began to read the documents on the boat to London.

私はロンドン行きの船の中で書類を読み始めた。

They were little more than simple, rambling notes.

それらは、ただの単純でまとまりのないメモに過ぎなかった。

A naive sailor's effort at a post-facto diary.

世間知らずの船乗りが、後付けで書いた日記。

He strove to recall that last awful voyage day by day.

彼はあの恐ろしい最後の航海のことを、一日一日思い出そうと努めた。

I cannot attempt to transcribe his notes verbatim.

彼のメモを逐語的に書き起こすことは私にはできません。

The manuscript is clouded with vagueness and redundance.

原稿は曖昧さと重複に満ちている。

But I will tell the gist of what he wrote.

しかし、彼が書いた内容の要点をお伝えしましょう。

Perhaps then you will understand why I stuffed my ears with cotton.

そうすれば、私が耳に綿を詰めた理由がわかるかもしれません。

The sound of the water against the vessel's sides became unendurable.
船体に打ち付ける水の音が耐え難いほどになった。

***

Johansen, thank God, did not quite know what he had seen.
幸いなことに、ヨハンセンは自分が何を見たのかを完全には理解していなかった。
But it is evident he had seen the city and the Thing.
しかし、彼がその街と「もの」を目撃していたことは明らかだ。
I shall never sleep calmly again when I think of the horrors.
あの恐ろしい出来事を思い出すと、もう二度と安眠できないだろう。
The horrors that lurk ceaselessly behind life in time and space.
時間と空間の背後に絶えず潜む恐怖。
Those unhallowed blasphemies that come from elder stars.
古の星々から発せられる、あの忌まわしい冒涜の言葉。
Dreamers beneath the sea known only by a nightmare cult.
海底に潜む夢想家たち。その名は悪夢の教団のみに知られている。
A cult ready and eager to release these monsters into the world.
これらの怪物たちを世界に解き放つ準備と熱意に燃えるカルト集団。
Whenever another earthquake raises their monstrous stone city again.

別の地震が彼らの巨大な石造りの都市を再び隆起させるたびに。

When Cthulhu is under the light of the sun once more.

クトゥルフが再び太陽の光の下にいる時。

Johansen's voyage had begun just as he told it to the vice-admiralty.

ヨハンセンの航海は、彼が海軍副長官に語ったとおりに始まった。

The Emma, in ballast, had cleared Auckland on February 20th.

エマ号はバラストを積んだ状態で、2月20日にオークランドを出港した。

The ship had felt the full force of that earthquake-born tempest.

その船は、地震によって引き起こされた嵐の猛威をまともに受けた。

The horrors from the sea-bottom that filled men's dreams.

海底から湧き上がる恐怖が、男たちの夢を覆い尽くした。

Once under control again the ship was making good progress.

船は再び制御を取り戻し、順調に航行を続けた。

But then the ship was held up by the Alert on March 22nd.

しかしその後、3月22日にその船はアラート号に足止めされた。

I could feel the mate's regret as he wrote of her bombardment and sinking.

船員が彼女の砲撃と沈没について書いているのを聞いて、彼の後悔の念がひしひしと伝わってきた。

Of the swarthy cult-fiends on the other boat he speaks with horror.

彼は、もう一方の船に乗っていた浅黒い肌のカルト信者たちについて、恐怖を込めて語る。

There was some peculiarly abominable quality about them.

彼らには何か異様に忌まわしい性質があった。

Something made their destruction seem almost a duty.

何かが、彼らを滅ぼすことをまるで義務のように思わせた。

This point was brought up during the proceedings of the court of inquiry.

この点は、調査委員会の審理中に提起された。

Johansen shows ingenuous wonder at the accusation of ruthlessness.

ヨハンセンは、冷酷だという非難に対し、純粋な驚きを示した。

Curiosity is what drove the men on in their captured yacht.

捕獲したヨットで男たちを突き動かしていたのは、好奇心だった。

Sticking out of the sea the men sighted a great stone pillar.

海面から突き出ている巨大な石柱を、男たちは発見した。

In South Latitude 47° 9', West Longitude 126° 43' they come upon a coastline.

南緯47度9分、西経126度43分の地点で、彼らは海岸線にたどり着く。

The coastline was of mingled mud, ooze, and weedy Cyclopean masonry.

海岸線は泥、ぬめり、そして雑草が生い茂る巨石積みの岩が混ざり合ったものだった。

Nothing less than the tangible substance of earth's supreme terror.

それはまさに、地球上の究極の恐怖を具現化したものに他ならない。

They had come across the nightmare corpse-city of R'lyeh.

彼らは悪夢のような死体都市、ルルイエに遭遇した。

A city built in measureless eons behind history.

歴史の遥か彼方、計り知れないほどの長い年月をかけて築かれた都市。

Monuments to vast loathsome shapes that seeped down from the dark stars.

暗黒の星々から染み出してきた、巨大で忌まわしい姿をした存在を祀った記念碑。

There lay great Cthulhu and his hordes for incalculable cycles.

そこには、計り知れないほどの周期にわたって、偉大なるクトゥルフとその軍勢が横たわっていた。

Hidden in green slimy vaults, they sent out their thoughts.

緑色のぬるぬるした地下室に隠れて、彼らは思考を発信した。

The thoughts that spread fear to the dreams of the sensitive.

感受性の強い人々の夢に恐怖を広める思考。

The thoughts that called imperiously to the faithful.

信者たちに威圧的に呼びかける思想。

"Come on a pilgrimage of liberation and restoration."

「さあ、解放と再生の巡礼の旅に出かけよう。」

All this horror Johansen had no way of suspecting.

ヨハンセンは、このような恐ろしい出来事を全く予期していなかった。

But God knows he had soon seen enough!

しかし、神はすぐに十分すぎるほど見てしまったのだ！

I suppose what they saw was only a single mountain-top.

彼らが見たのは、おそらく一つの山頂だけだったのだろう。

Soon the rest of the city emerged from the waters.

やがて、街の残りの部分も水の中から姿を現した。

The hideous monolith-crowned citadel where great Cthulhu
was buried.

偉大なるクトゥルフが埋葬された、おぞましい一枚岩の王冠
を戴く要塞。

I shudder to think of all that may be brooding down there.

地下に何が潜んでいるのか考えると、ぞっとする。

And I almost wish to kill myself to stop these thoughts.

そして、こうした考えを止めるために、いっそ自殺したいと
さえ思ってしまう。

***

Johansen and his men were awed by the cosmic majesty.

ヨハンセンと彼の部下たちは、宇宙の荘厳さに畏敬の念を抱
いた。

They beheld the sight of this dripping Babylon of elder
demons.

彼らは、古の悪魔たちが跋扈する、滴り落ちるバビロンの光
景を目にした。

They must have guessed without guidance what it was they
saw.

彼らは何の指示も受けずに、自分たちが見たものが何なのか
を推測したに違いない。

What they saw was nothing of this or of any sane planet.

彼らが見たものは、この惑星とは全く似ても似つかない、ま
ともな惑星のそれとは全くかけ離れたものだった。

The unbelievable size of the greenish stone blocks.

緑がかった石の塊の、信じられないほどの大きさ。

The dizzying height of the great carven monolith.

巨大な彫刻が施された一枚岩の、目もくらむような高さ。

And then there was the bas-reliefs found on the captured ship.

そして、拿捕された船から発見されたレリーフもあった。

The colossal statues mirrored the scene on the carvings.

巨大な彫像は、彫刻に描かれた場面をそのまま映し出していた。

Johansen achieved something very close to futurism.

ヨハンセンは未来派に非常に近いものを成し遂げた。

Because he did not describe any definite structure or building.

彼は具体的な構造物や建物について何も説明しなかったからだ。

He dwelled on the broad impressions of vast angles and stone surfaces.

彼は広大な角度と石の表面が与える印象に深く思いを馳せた。

Surfaces too great to belong to anything right or proper for this earth.

あまりにも広大すぎて、この地球にとって正しいもの、適切なものには属さない。

Surfaces impious with horrible images and hieroglyphs.

不敬な画像や象形文字で表面が覆われている。

There is a reason I mention his talk about angles.

私が彼の角度に関する話に言及するのには理由があります。

It reminds me of something Wilcox had told me of his awful dreams.

それは、ウィルコックスが私に話してくれた、彼の恐ろしい夢の話を思い出させる。

He had said that the geometry of the dream-place he saw was abnormal.

彼は、自分が見た夢の場所の幾何学的構造が異常だと述べていた。

Non-Euclidean spheres unlike anything here on earth.

地球上の何物とも異なる、非ユークリッド的な球体。

Loathsomely redolent dimensions completely unlike ours.

忌まわしいほどに悪臭を放つ、我々のものとは全く異なる次元。

Now a seaman was describing the exact same thing.

今度は船員が全く同じことを説明していた。

They bad both had the same terrible glimpse of this reality.

彼らは二人とも、この現実の恐ろしい一端を垣間見たのだ。

Johansen and his men landed at a sloping mud-bank.

ヨハンセンと彼の部下たちは、傾斜した泥の堆積地に上陸した。

And they looked up at this monstrous Acropolis.

そして彼らは、この巨大なアクロポリスを見上げた。

They clambered slippery up over titan oozy blocks.

彼らは巨大なぬるぬるした岩塊をよじ登った。

Blocks which could have been no mortal staircase.

人間が使う階段ではあり得ないようなブロック。

The very sun of heaven seemed distorted in this mist.

この霧の中では、天の太陽さえも歪んで見えた。

A polarizing miasma welling out from this sea-soaked perversion.

この海に浸かった倒錯から、相反する悪臭が立ち昇っている。

Twisted menace and suspense lurked in those elusive rocks.

あの捉えどころのない岩山には、歪んだ脅威とサスペンスが潜んでいた。

A second glance showed concavity where the first showed convexity.

もう一度よく見ると、最初に見たときは凸面だったところに凹面が見えた。

Something very like fright had come over all the explorers.

探検家たちは皆、恐怖に近い感情に襲われていた。

Each man would have fled had he not feared the scorn of the others.

皆、他人の軽蔑を恐れていなければ逃げ出していただろう。

And it was only half-heartedly that they vainly searched.

そして彼らは、いい加減な気持ちで無駄な捜索を行った。

They were looking for some portable souvenir to bear away.

彼らは持ち帰れるような、何か携帯できるお土産を探していた。

It was Rodriguez, the Portuguese, who climbed up the foot of the monolith.

その一枚岩の麓まで登ったのは、ポルトガル人のロドリゲスだった。

From there he shouted of what he had found.

そこから彼は自分が発見したものを大声で叫んだ。

The rest followed him to the foot of the monolith.

残りの者たちは彼に続いて、一枚岩の麓まで行った。

They looked curiously at the immense door in front of them.

彼らは目の前の巨大な扉を興味深そうに見つめた。

The now familiar squid-dragon was carved on the door.

今ではお馴染みのイカと龍の彫刻が扉に施されていた。

It was, Johansen said, like a great barn-door.

それはまるで大きな納屋の扉のようだった、とヨハンセンは言った。

Although they said it only gave the impression of a door.

しかし、彼らはそれがドアのように見えるだけだと言った。

They could not decide if the door lay flat like a trap-door.

彼らは、その扉が落とし戸のように平らに開くのかどうか判
断できなかった。

Or maybe the opening was slanted like an outside cellar-
door.

あるいは、その開口部は外の地下室の扉のように斜めになっ
ていたのかもしれない。

As Wilcox would have said, the geometry of the place was
all wrong.

ウィルコックスならこう言っただろう。「あの場所の幾何学
的な構造が全く間違っていた」。

One could not be sure that the sea and the ground were
horizontal.

海と地面が水平であるとは断言できなかった。

Hence the relative position of everything else seemed
phantasmally variable.

そのため、他のすべてのものの相対的な位置は、まるで幻の
ように変化しているように見えた。

Briden pushed at the stone in several places, without result.

ブライデンは石を数カ所押してみたが、効果はなかった。

Then Donovan felt delicately over around the edge of the
door.

それからドノバンはそっとドアの縁を触ってみた。

He climbed interminably along the grotesque stone
molding.

彼は、異様な石造りの装飾に沿って、果てしなく登り続けた
。

Although, if you could really call it climbing is debatable.

とはいえ、それを本当に登山と呼べるかどうかは議論の余地
がある。

Perhaps the door was more horizontal than vertical.

おそらく、そのドアは垂直というより水平に近い形状をしていたのだろう。

And the men wondered how any door in the universe could be so vast.

そして男たちは、宇宙に存在する扉の中で、どうしてこれほど巨大なものがあるのだろうかと不思議に思った。

Then, very softly and slowly, something began to happen.

そして、ごく静かに、ゆっくりと、何かが起こり始めた。

The acre-great panel began to give inward at the top.

その1エーカーほどの大きさのパネルは、上部から内側に崩れ始めた。

And they saw that the door had balanced itself.

そして彼らは、扉が自然にバランスを取り戻しているのを見た。

***

Donovan somehow propelled himself back along the jamb.

ドノバンは何とかして、ドアの枠に沿って元の場所に戻った。

And everyone watched the queer recession of the monstrously carven portal.

そして、誰もが、異様に彫刻が施された門が奇妙に後退していく様子を見守った。

In this fantasy of prismatic distortion it moved anomalously in a diagonal way.

このプリズム状の歪みの幻想の中で、それは異常な斜めの動きをした。

All the rules of matter and perspective seemed confused.

物質と遠近法のあらゆる法則が混乱しているように見えた。

The aperture was black with a darkness almost material.

開口部は、まるで物質的な暗さを帯びた黒色だった。

That tenebrousness was indeed a positive quality.

その暗さは、確かに良い特質だった。

The men were spared from seeing the inner walls.

男たちは内壁を見ることなく済んだ。

The darkness burst forth like smoke from its eon-long imprisonment.

闇は、幾億年にも及ぶ幽閉から煙のように噴出した。

The sun was visibly darkened by flapping membranous wings.

羽ばたく膜状の翼によって、太陽の光が目に見えて暗くなった。

And the shadow slunk away into the shrunken and gibbous sky.

そして影は、縮んで膨らんだ空の中へと消えていった。

The odor arising from the newly opened depths was intolerable.

新たに開かれた深部から立ち上る悪臭は耐え難いものだった。

The quick-eared Hawkins thought he heard a nasty, slopping sound.

耳の肥えたホーキンスは、不快な、水っぽい音が聞こえたと思った。

His ears were confirmed when It lumbered slobberingly into sight.

それがよだれを垂らしながらよろよろと姿を現したとき、彼の耳の予感は確信に変わった。

Its gelatinous green immensity groped through the black hall.

そのゼラチン状の緑色の巨大さは、黒いホールの中を手探り
で進んでいった。
And Its ooze and smell squeezed through the angled door.
そして、その粘液と臭いが、斜めに傾いたドアから漏れ出し
てきた。
The Thing went into the tainted air of that poison city of
madness.
物体は、あの狂気の毒に満ちた都市の汚染された空気の中へ
と足を踏み入れた。
Poor Johansen's handwriting almost gave out when he wrote
of this.
かわいそうなヨハンセンは、このことを書いたとき、ほとん
ど字が書けなくなっていた。
He thinks two men perished of pure fright in that accursed
instant.
彼は、あの忌まわしい瞬間に二人の男が恐怖のあまり命を落
としたと考えている。
The Thing cannot be described with our language.
それは私たちの言葉では表現できない。
There are no words for such abysms of shrieking and
immemorial lunacy.
このような叫び声と太古の狂気の深淵を表現する言葉はない
。
Eldritch contradictions of all matter, force, and cosmic order.
あらゆる物質、力、そして宇宙秩序における、異様な矛盾。
A mountain that walked and stumbled on the earth. God!
地上を歩き、つまずいた山。神よ！
No wonder that across the earth a great architect went mad.
地球上のどこかで偉大な建築家が狂気に陥ったのも無理はな
い。

No wonder poor Wilcox raved with fever in that telepathic instant.

テレパシーが発動したあの瞬間、可哀想なウィルコックスが高熱で錯乱状態に陥ったのも無理はない。

The green, sticky spawn of the stars, was walking the earth.

緑色で粘り気のある星の産卵体が、地球を歩き回っていた。

The Thing of the idols had awaked to claim his own.

偶像の化身が目覚め、自らの権利を主張し始めた。

The stars were aligned again, as was predicted.

予言通り、再び星々が味方した。

An age-old cult had failed in their duties.

古くから続くカルト教団は、その責務を果たせなかった。

And a band of innocent sailors fulfilled their role by accident.

そして、罪のない船員たちが、ひょんなことからその役割を果たすことになった。

After vigintillions of years great Cthulhu was loose again.

何兆年もの時を経て、偉大なるクトゥルフが再び解き放たれた。

And now great Cthulhu was ravening for delight.

そして今、偉大なるクトゥルフは快楽を貪り求めていた。

Three men were swept up by the flabby claws before anybody turned.

誰かが振り返る前に、3人の男がだらりとした爪に捕らえられた。

God rest them, if there be any rest in the universe.

もし宇宙に安息というものがあるとしたら、彼らに神のご加護がありますように。

Let it be known that their names were Donovan, Guerrera and Angstrom.

彼らの名前はドノバン、ゲレラ、アングストロームであった
ことをここに明記しておく。
Parker slipped as he was trying to make his escape.
パーカーは逃げようとした際に足を滑らせた。
The other three were plunging frenziedly back to the boat.
残りの3人は必死になってボートに飛び戻った。
They ran over endless vistas of green-crusted rock.
彼らは、緑色の皮膜に覆われた岩が果てしなく広がる景色の
中を走り抜けた。
Johansen swears he was swallowed up by an angle of
masonry.
ヨハンセンは、自分が石造りの角に飲み込まれたと断言して
いる。
An angle which shouldn't have been there.
そこにあるべきではない角度。
An angle which was acute, but behaved as if it were obtuse.
鋭角でありながら、鈍角のように振る舞う角度。
Only Briden and Johansen made it back to the boat.
ブリデンとヨハンセンだけがボートに戻ることができた。
The two men had a moment of good fortune.
二人は幸運に恵まれた。
The mountainous monstrosity flopped down on the slimy
stones.
山のような巨大な物体は、ぬるぬるした石の上にドサッと倒
れ込んだ。
And the beast hesitated floundering at the edge of the water.
そしてその獣は、水際で身動きが取れず、ためらっていた。
The steam boat had not entirely run out of hot coals.
蒸気船の石炭はまだ完全に尽きていなかった。
Despite the departure of all men for the shore.

全ての男たちが海岸へ向かったにもかかわらず。

Feverishly the two men rushed up and down between wheels.

二人の男は、車輪の間を慌ただしく行ったり来たりしていた。

It was the work of only a few moments to get the engine going.

エンジンを始動させるのにほんの数分しかかからなかった。

Amidst the distorted horrors of that indescribable scene.

言葉では言い表せない、歪んだ恐怖の光景の中で。

Slowly their boat began to churn the lethal waters beneath her.

ゆっくりと、彼らのボートは彼女の下の危険な海をかき混ぜ始めた。

And they moved along the masonry of that charnel shore.

そして彼らは、その死体置き場のような海岸の石積みに沿って進んだ。

That strange coastline that was not from this world.

この世のものとは思えない、奇妙な海岸線。

***

The titan Thing from the stars slavered and gibbered.

星から来た巨人シングはよだれを垂らし、意味不明なことを口走った。

Like Polypheme cursing the fleeing ship of Odysseus.

ポリュペモスがオデュッセウスの逃げる船を呪ったように。

Then great Cthulhu slid greasily into the water.

そして偉大なるクトゥルフは、ぬるぬると水の中へと滑り込んだ。

Bolder and more daring than the storied Cyclops.

伝説のキュクロプスよりも大胆で、さらに勇敢だ。

Cthulhu pursued them through the water with cosmic movement.

クトゥルフは宇宙的な動きで、水中を彼らを追跡した。

Briden looked back from the ship and started laughing shrilly.

ブライデンは船から振り返り、甲高い声で笑い始めた。

From that moment Briden continued laughing at odd intervals.

その瞬間から、ブリデンは時折、不規則な間隔で笑い続けた。

But Johansen had not given up yet.

しかし、ヨハンセンはまだ諦めていなかった。

He knew his ship had no chance of outpacing the thing.

彼は自分の船がその物体を追い抜く見込みがないことを知っていた。

So he resolved on taking a desperate chance.

そこで彼は、一か八かの賭けに出ることを決意した。

He loaded the furnace and set the engine for full speed.

彼は炉に燃料を投入し、エンジンを最高速度に設定した。

And then he ran lightning-like on deck and reversed the wheel.

そして彼は稲妻のように甲板に駆け上がり、舵輪を逆方向に回した。

There was a mighty eddying and foaming in the noisome brine.

悪臭を放つ塩水の中では、激しい渦巻きと泡立ちが起こっていた。

The steam mounted higher and higher into the sky.

蒸気はどんどん空高く舞い上がっていった。

And the brave Norwegian reversed the course of the chase.
そして勇敢なノルウェー人は、追跡の流れを逆転させた。
Before him rose the unclean froth like the stern of a demon galleon.
彼の前には、悪魔のガレオン船の船尾のように、汚れた泡が立ち昇った。
He drove his vessel head on against the pursuing jelly.
彼は追跡してくるゼリー状の物体に、船を正面から突っ込ませた。
The awful squid-head came nearly up to the yacht's bowsprit.
その恐ろしいイカの頭は、ヨットのバウスプリットのすぐそばまで迫ってきた。
But Johansen drove on relentlessly against the writhing feelers.
しかしヨハンセンは、うごめく触角に容赦なく立ち向かった。
There was a bursting as of an exploding bladder.
まるで膀胱が破裂したかのような音がした。
There was a slushy nastiness as of a cloven sunfish.
まるで割れたマンボウのような、どろどろとした不快な味がした。
There was a stench as of a thousand opened graves.
まるで千もの墓が開けられたかのような悪臭が漂っていた。
And there was a sound the chronicler did not put on paper.
そして、年代記作者が書き記さなかった音があった。
For an instant the ship was befouled by an acrid cloud.
一瞬、船は刺激臭のある煙に包まれた。
The green cloud blinded Johansen and the mad man.
緑色の雲がヨハンセンと狂人の目をくらませた。
And then there was only a venomous seething astern.

そして、船尾にはただ毒々しい沸騰音が響いていた。
But God in heaven! What the two men saw next;
しかし天の神は！二人が次に見たものは
The scattered plasticity of that nameless sky-spawn.
その名もなき天界の産物の、散在する可塑性。
The injured thing was nebulously recombining.
傷ついた物体は、ぼんやりと再構成されていた。
Soon Cthulhu would be back in its hateful original form.
まもなくクトゥルフは、その憎悪に満ちた本来の姿に戻るだ
ろう。
But their distance was widening with every second.
しかし、彼らの距離は刻一刻と広がっていった。
The ship was gaining impetus from its mounting steam.
船は蒸気の勢いを増していった。
And eventually the cursed city was over the horizon.
そしてついに、呪われた街は地平線の彼方に見えてきた。

***

He did not try to navigate after their lucky escape.
彼は九死に一生を得た後、航行を試みようとはしなかった。
His reaction had taken something out of his soul.
彼の反応は、彼の魂から何かを奪い去った。
He spent his time brooding over the idol in the cabin.
彼は小屋の中で偶像を眺めながら、物思いにふけって過ごし
た。
He looked after the laughing maniac in the boat.
彼はボートの中で笑い狂う男の面倒を見ていた。
And he attended to a few matters such as food.
そして彼は、食事などのいくつかの事柄にも対処した。

Then came the storm of April 2nd.

そして4月2日の嵐がやってきた。

On that day clouds gathered over his consciousness.

その日、彼の意識には暗雲が立ち込めた。

There is a sense of pure and refined delirium.

そこには、純粋で洗練された錯乱の感覚がある。

Spectral whirling through liquid gulfs of infinity.

無限の液体の淵を、幽玄な渦となって漂う。

Dizzying rides through reeling universes on a comet's tail.

彗星の尾に乗って、めまぐるしく変化する宇宙を駆け抜ける、めまいがするような旅。

Hysterical plunges from the pit to the moon.

どん底から月まで、ヒステリックな急降下。

And he plunged back again from the moon to the pit.

そして彼は再び月面から奈落の底へと落ちていった。

A cachinnating chorus of the distorted, hilarious elder gods.

歪んだ、滑稽な古の神々の、けたたましい笑い声の合唱。

And the green bat-winged mocking imps of Tartarus.

そして、緑色のコウモリの翼を持つ、タルタロスの嘲笑う小鬼たち。

Out of that dream came rescue; the ship Vigilant.

その夢から救出が生まれた。船「ヴィジラント号」である。

The vice-admiralty court and the streets of Dunedin.

海事裁判所とダニーデンの街並み。

The long voyage back home to the old house by the Egeberg.

エーゲベルクの麓にある古い家への長い帰路。

He could not tell anyone of what he had seen.

彼は自分が目撃したことを誰にも話すことができなかった。

Had he told the truth they would have thought he had gone mad.

彼が真実を話していたら、人々は彼が気が狂ったと思っただろう。

So he secretly wrote of what he knew before death came.

彼は死ぬ前に、自分が知っていることを密かに書き記した。

"Death would be a boon if only it could blot out the memories."

「死が記憶を消し去ってくれるなら、それはむしろありがたいことだろう。」

That was the document Johansen left behind.

それがヨハンセンが残した文書だった。

And now I have placed this document in the tin box.

そして今、私はこの書類をブリキの箱に入れました。

In the box is also the dream carved bas-relief.

箱の中には、夢を彫り込んだレリーフも入っている。

And I have included the papers of Professor Angell.

また、アンジェル教授の論文も同封しました。

With this box shall go this record of mine.

この箱には、私のこの記録が収められるだろう。

These notes have become a test of my own sanity.

これらのメモは、私の正気を試す試練となっている。

But I hope my discoveries are never be pieced together again.

しかし、私の発見が二度と再び一つにまとめられることがないように願っています。

I have looked upon all that the universe has to hold of horror.

私は宇宙に存在するあらゆる恐怖を見てきた。

But now even the skies of spring are darkness to me.

しかし今や、春の空さえも私にとっては暗闇に映る。

Even the flowers of summer are forever poison to me.

夏の花でさえ、私にとっては永遠の毒だ。

But I do not think my life will be long.

しかし、私の寿命は長くないと思う。

As my uncle went, so shall my end come.

叔父がそうであったように、私も同じように最期を迎えるだろう。

As poor Johansen went, so shall my time come.

哀れなヨハンセンがそうであったように、私の時もいずれ来るだろう。

I know too much, and the cult still lives.

私は知りすぎている。そして、そのカルト集団はまだ生きている。

Cthulhu still lives, too, I can only suppose.

クトゥルフもまだ生きているのだろう、と私は推測するしかない。

I assume Cthulhu is again in that chasm of stone.

クトゥルフはまたあの石の裂け目にいるのだろう。

The city which has shielded him since the sun was young.

太陽がまだ若かった頃から彼を守り続けてきた街。

I know his accursed city is sunken once more.

彼の忌まわしい都市が再び水没したことは知っている。

The crew of the Vigilant sailed over the spot after the April storm.

ヴィジラント号の乗組員は、4月の嵐の後、その場所の上空を航行した。

But his ministers on earth still worship his return.

しかし、地上にいる彼の信者たちは、今もなお彼の再臨を崇拝している。

In lonely places they congregate around their idol.

人里離れた場所では、彼らは自分たちの偶像の周りに集まる。

And they bellow and prance and slay in satanic ritual.
そして彼らは悪魔崇拝の儀式の中で、咆哮し、踊り、殺戮を繰り広げる。
He must have been trapped by the sinking of his black abyss.
彼は、自身の黒い深淵が沈んでいくのによって、閉じ込められてしまったに違いない。
Or else the world would by now be screaming with fright and frenzy.
そうでなければ、世界は今頃恐怖と狂乱で叫び声を上げているだろう。
Who knows how the end will come about?
結末がどうなるかは誰にもわからない。
What has risen may sink, and what has sunk may rise.
上昇したものは下降し、下降したものは上昇するかもしれない。
Loathsomeness waits and dreams in the deep.
忌まわしさは深淵で待ち、夢を見ている。
And decay spreads over the tottering cities of men.
そして、衰退は崩れかけた人間の都市に広がっていく。
A time will come where that city rises out the sea again.
いつかあの都市が再び海から姿を現す時が来るだろう。
But I must not think about when that day will come!
しかし、その日がいつ来るかなど考えてはいけない！
I have one prayer if this manuscript outlives me.
この原稿が私より長生きするなら、私には一つだけ祈りがあります。
I pray my executors put caution before audacity.
私の遺言執行人たちが、大胆さよりも慎重さを優先してくれることを祈ります。

I pray this manuscript meets no other eyes.
この原稿が他の誰の目にも触れないことを祈ります。

***

Found among the papers of the late Francis Wayland Thurston, of Boston.
ボストン在住だった故フランシス・ウェイランド・サーストンの遺品の中から発見された。